ALFRED WOLFENSTEIN

Alfred Wolfenstein (1883–1945)
(Foto unbekannt)

ALFRED WOLFENSTEIN

LESEBUCH

Herausgegeben und mit einer Einführung
versehen von Bernhard Spring

mitteldeutscher verlag

Literatur aus Mitteldeutschland
Band 3

Die Veröffentlichung wurde
durch das Land Sachsen-Anhalt gefördert

INHALT

III »Mitten in dem dunklen Regen«
Späte Gedichte

VORWORT

Da Alfred Wolfenstein schon zu Lebzeiten hauptsächlich als Lyriker große Popularität genoss, ist seinen Gedichten auch in diesem Lesebuch ein großer Raum vorbehalten worden. Wichtig erschien mir trotz der von Wolfenstein immer wieder aufgegriffenen Themen und der nahezu unveränderten Symbolik eine augenscheinliche Trennung der frühen Gedichte von den späteren. Das erste Kapitel der vorliegenden Sammlung enthält somit ausschließlich Texte aus Wolfensteins erstem Gedichtband *Die gottlosen Jahre*, während das dritte Kapitel eine Auswahl der in *Die Freundschaft* veröffentlichten Gedichte und späterer Texte vereint.

Aber auch andere Textsorten wurden bei der Zusammenstellung dieses Bandes berücksichtigt. So finden sich im zweiten Kapitel einige sehr unterschiedliche Erzählungen Wolfensteins, und das vierte und letzte Kapitel vereint eine Auswahl aus Wolfensteins essayistischem Schaffen.

Auf die Aufnahme von Dramen und des Roman *Frank* in das Lesebuch wurde hingegen verzichtet. Dies geschah mit Rücksicht auf den Autor: Als Dramatiker war ihm kein Ruhm beschieden, seine Stücke fielen sowohl beim Publikum als auch in der Kritik durch. Sie hier erneut zu veröffentlichen, hieße, dem Autor einige kleine literarische Fehltritte nachträglich vorzuhalten und von seiner eigentlichen Größe abzulenken. Der Roman *Frank* hingegen ist ein Fragment geblieben. Da der Autor selbst keine zum Abdruck autorisierte Fassung dieses Werkes hinterließ, möchte ich mich nicht erdreisten, das Unvollendete als Vollendetes zu präsentieren.

Wenn der geneigte Leser dennoch Interesse an den hier nicht berücksichtigten Texten haben sollte, so sei ihm die vollständig erschienene Werkausgabe anempfohlen.

Bernhard Spring, September 2011

EINFÜHRUNG

Leben und Werk des Schriftstellers Alfred Wolfenstein (1883–1945)

Ein Essay

»Ich begegnete Wolfenstein zum ersten Mal im Jahre 1911 in Berlin«, erinnerte sich der Schriftsteller Egmont Seyerlen. »Vor mir stand eine große Gestalt mit vollem dunklem Haar, sehr lebhaften, dunklen Augen und einer auffallend spitzen Nase. Noch auffallender war die leise, sehr eindringliche Stimme. Die Augen waren durch eine schwarzumrandete Brille geschützt; wenn AW sie abnahm, schloß er die Augen; sie waren kurzsichtig.«[1]

Alfred Wolfenstein gilt als »eine der seltsamsten und problematischsten Nebenfiguren des Expressionismus, einer Bewegung, der es wahrlich nicht an Vielfalt und Eigenart gefehlt hat«.[2] Zwischen den Weltkriegen vor allem als Lyriker zu großer Bekanntheit gelangt, geriet Wolfenstein nach seinem Tod im Jahr 1945 schnell in Vergessenheit. Während frühere Weggefährten wie Rainer Maria Rilke, Johannes R. Becher oder Hermann Hesse zu Klassikern der

1 Zitiert aus Peter Fischer: Alfred Wolfenstein. Der Expressionismus und die verendende Kunst. München, 1968, S. 27.

2 Russell E. Brown: Alfred Wolfenstein. In: Wolfgang Rothe (Hg.): Expressionismus als Literatur. Gesammelte Studien. Bern, München, 1969, S. 264–276, hier S. 264.

Moderne erhoben wurden, blieb dem »Freiheitsdichter«[3] Wolfenstein diese nachträgliche Anerkennung seines Schaffens verwehrt.

Alfred Wolfenstein ist heute somit in erster Linie ein vergessener Dichter, den es dennoch wiederzuentdecken lohnt, da er einer der bedeutendsten Lyriker des späten Wilhelminischen Kaiserreichs und der Weimarer Republik war, der die Widersprüche seiner bewegten Zeit lebte und in seinem vielseitigen Werk auszudrücken wusste. Wolfenstein war der Berliner Großstadtdichter aus der Provinz, der Dramatiker ohne Bühne, ein Übersetzer, Theoretiker und Erzähler mit Visionen. Er verstand sich als einsamer jüdischer Künstler, als idealistischer Pazifist, als Europäer auf der Flucht durch Europa. Vor allem aber war Wolfenstein ein fantastischer Zukunftsoptimist, ein Humanist, der Menschlichkeit und Fortschrittsglaube verkündete und dabei doch »einen von persönlichen Alpträumen überschatteten Weg« ging.[4]

***

»Geboren wurde ich an vielen Tagen«, heißt es in Wolfensteins Selbstbiografie. Tatsächlich lässt sich der Lebensweg des Dichters schwer erfassen, denn er selbst schreibt ihn mehrmals um, lügt unangenehme Details weg, kaschiert und erfindet, bis er zuletzt zu einem idealisierten Lebens-

---

3 Heinrich Eduard Jacob: Zur Geschichte der deutschen Lyrik seit 1910. 1924. In: Paul Raabe (Hg.): Expressionismus. Der Kampf um eine literarische Bewegung. Zürich, 1987, S. 194–211, hier S. 203.

4 Brown: Wolfenstein, S. 264.

entwurf kommt, der nichts mehr mit seiner Herkunft zu tun hat.

Alfred Wolfenstein wird am 28. Dezember 1883 in Halle geboren. Die Eltern Heymann und Klara gehören dem Kaufmannsstand an und sind um 1875 aus dem posischen Schtetl Obersitzko (poln. Obrzycko) in die Saalestadt gekommen. Inmitten des Gründerkrachs. Heymann Wolfenstein macht als Herrenausstatter und Vermieter bankrott, Alfred erlebt eine Kindheit in Armut und ständiger Existenzangst.

1889 siedelt die Familie nach Dessau um, wo sich Heymann im Möbelgeschäft versucht. Das Geld für den Neubeginn stammt wahrscheinlich von Verwandten. Der alte Wolfenstein als jüdischer Aufsteiger aus der östlichen Provinz, als Stehaufmännchen, als Verlierer der Wirtschaftskrise, vielleicht auch mit ein wenig mangelndem Geschick. 1890 stirbt er im Alter von gerade einmal 54 Jahren.

Der erste Riss in Wolfensteins Biografie. Das Geld ist von nun an permanent knapp. Die Mutter leitet zwar nach wie vor das Möbelgeschäft der Wolfensteins, aber die Gewinne sind spärlich. Sie muss Untermieter aufnehmen, Stunden geben, immer wieder sparen.

Die Kinder sollen es einmal besser haben. Der Aufstieg in die gutbürgerlichen Sphären wird nach wie vor angestrebt. Umso bedeutender ist die Ausbildung von Alfred und seiner drei Jahre jüngeren Schwester Sofie. Es winden sich die Zwänge und Nöte des Bildungsbürgertums. Alfred Wolfenstein hasst den Schulbetrieb, hasst es, als Jude gehänselt zu werden. Irgendwann findet er sich mit der Außenseiterrolle ab. Ein ruhiger Junge mit schwarzem Haar, seltsamen Augen hinter der dicken Brille. Diese äußere

Fassade bleibt ihm ein Leben lang: »Wolfenstein war groß, mit blassem, gutgeschnittenem Gesicht, glattem, schwarzem Haar und dunkel gerahmter Brille. Er sah aus, wie ein Dichter aussieht.«[5]

***

Die Risse bleiben. Ohne männliches Oberhaupt ist die Familie unvollständig im biederen Kaiserreich. Das Geld bleibt zudem knapp, sodass von einem Aufstieg nur geträumt werden kann. 1899 wird Wolfenstein vom Herzoglichen Friedrichs-Gymnasium in Dessau genommen, um eine Lehre im Holzhandel aufzunehmen, damit er die Mutter als Alleinverdienerin entlasten kann. Der Junge wird jäh aus der Welt der Träume und Bücher herausgerissen, ist »todunglücklich«, aber fügsam.[6]

***

Wolfenstein beginnt zu dichten, irgendwo draußen auf dem Holzplatz von Dessau. Was er schreibt, zeigt er nur selten anderen, das meiste vernichtet er wieder. Die Mutter duldet das literarische Interesse ihres Sohnes, immerhin zeugt es von bürgerlichem Kulturverständnis und gefährdet ihre Pläne nicht. Diese offenbaren sich um 1901. Klara Wolfenstein hat erfolgreich den Kontakt zu Berliner Verwandten

---

5 Marta Feuchtwanger: Nur eine Frau. Jahre – Tage – Stunden. Berlin, Weimar, 1984, S. 128.

6 Brief von Sofie Loew-Wolfenstein an den Rat der Landeshauptstadt Halle (21.3.1948). Stadtarchiv Halle, Akte FA 2619.

hergestellt. Bei ihnen darf Alfred wohnen, in Berlin das Askanische Gymnasium besuchen. Bis 1905 lebt Wolfenstein getrennt von Mutter und Schwester, lernt strebsam und wohl auch ein wenig gedankenverloren, realitätsfern. Er ist durch seine zwischenzeitliche Ausbildung älter als seine Mitschüler, zudem wurde er um ein paar Jahre zurückgestuft. Aus Scham lügt er sich fünf Jahre jünger, gibt sein Geburtsjahr mit 1888 an. »Geboren wurde ich an vielen Tagen ...«

***

1905 als die große Wende im Leben des jungen Wolfenstein: das Abitur, danach das Studium, Jura, auf Wunsch der Mutter. Wie sonst kann ein deutscher Jude in der starren Gesellschaft des Wilhelminischen Kaiserreichs zu Ansehen gelangen? Jura also.

Klara Wolfenstein hat geschickt ein Netz von Förderern und helfenden Verwandten geknüpft, und so studiert Alfred für ein paar Semester in Berlin, in Freiburg im Breisgau, in München und auch in seiner Geburtsstadt Halle. Das Vorlesungshonorar wird ihm gestundet, teilweise bezahlt er es nie.

Besonders in Halle wird ihm das Studium verleidet, denn im nahen Dessau lebt ja die übergroße Mutter mit ihren Ambitionen. Verschärft wird der unausgefochtene Konflikt zwischen Mutter und Sohn nach 1909, als Klara Wolfenstein samt Tochter zu Alfred nach Berlin zieht und seinen Werdegang aus unmittelbarer Nähe erlebt und kommentiert. Wolfenstein arbeitet als Referent bei Gericht, doch die Promotion lässt auf sich warten. Viel lieber flieht Wol-

Klara Wolfenstein

(© Akademie der Künste, Berlin, Alfred-Wolfenstein-Archiv)

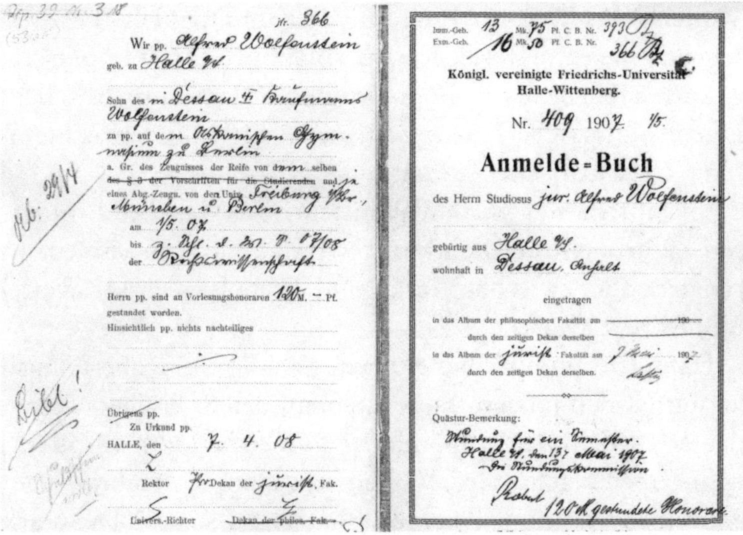

Nr. 366

Wir pp. Alfred Wolfenstein

geb. zu Halle a/S.

Sohn des in Dessau Kaufmanns Wolfenstein

zu pp. auf dem Askanischen Gymnasium zu Berlin

a. Gr. des Zeugnisses der Reife von dem selben

~~des § 3 der Vorschriften für die Studierenden~~ und des

eines Abg.-Zeugn. von den Univ. Freiburg i/Br., München u. Berlin

am 1/5. 07.

bis z. Schl. d. Sem. 07/08

der Rechtswissenschaft

Herrn pp. sind an Vorlesungshonoraren 120 M. – Pf. gestundet worden.

Hinsichtlich pp. nichts nachteiliges

Übrigens pp.

Zu Urkund pp.

HALLE, den 7. 4. 08

Rektor Dekan der jurist. Fak.

Univers.-Richter ~~Dekan der philos. Fak.~~

Imm.-Geb. 13 Mk. 75 Pf. C. B. Nr. 393

Exm.-Geb. 16 Mk. 50 Pf. C. B. Nr. 366

Königl. vereinigte Friedrichs-Universität Halle-Wittenberg.

Nr. 409 1907. 1/5.

Anmelde-Buch

des Herrn Studiosus jur. Alfred Wolfenstein

gebürtig aus Halle a/S.

wohnhaft in Dessau, Anhalt

eingetragen

in das Album der philosophischen Fakultät am —— 190–

durch den zeitigen Dekan derselben

in das Album der jurist. Fakultät am 7. Mai 1907

durch den zeitigen Dekan derselben.

Quästur-Bemerkung:

Stundung für ein Semester. Halle a/S. den 13. Mai 1907 Die Stundungskommission.

120 M gestundete Honorare

Anmeldebuch Alfred Wolfensteins
an der Friedrichs-Universität Halle-Wittenberg

(© Universitätsarchiv Halle: Rep. 39 Nr. 318)

fenstein aus den beruflichen Zwängen und der häuslichen Enge in die Natur, macht ausgedehnte Spaziergänge und schreibt.

Klara Wolfenstein äußert ihren Verdruss über den säumigen Sohn in literarischer Form: »Wer sieben Jahr / Referendar, / der ist fürwahr / ein Jubilar.«[7]

* * *

7 Ebd.

Wolfensteins Weg zur Literatur liegt im Dunkeln. 1910 erscheint eine erste Rezension im »Blaubuch«, 1911 übersetzt er Ernest Feydeaus Roman *Fanny* aus dem Französischen. Eigene literarische Texte erscheinen ab 1912 in Franz Pfemferts Zeitschrift *Die Aktion*.

Im Jahr darauf wird Wolfenstein von Max Brod in dessen »Jahrbuch für Dichtkunst« *Arkadia* aufgenommen. Er rangiert dort zwischen Kafka und Tucholsky, Franz Werfel und Robert Walser.

Dann tritt unmittelbar ein erster Erfolg ein: Robert Musil vermittelt den jungen Wolfenstein an den S. Fischer-Verlag, der 1914 den Gedichtband *Die gottlosen Jahre* veröffentlicht. Über Nacht wird Wolfenstein zum Wortführer einer ganzen Generation. Aber was hat er zu sagen? Die stark biografischen Texte thematisieren Einsamkeit inmitten von Menschen, Verunsicherung und Beklemmung in geschlossenen Räumen, Kaltherzigkeit, Abscheu vor Körperlichkeit, Selbstzweifel, Frauenhass. Das Leben in der Stadt, in der Anonymität der Masse, das Leben mit Mutter und Schwester, eingeengt in eine ungeliebte Laufbahn. Wirre Träume und Visionen einer brüderlichen Welt. Der Kritiker Rudolf Kayser schreibt von »redlichen Projektionen einer tiefst empfundenen Hirnlichkeit«, die »einen jeden von uns bedrängen«.[8]

***

8 Rudolf Kayser: Literatur in Berlin. 1918. In: Paul Raabe (Hg.): Expressionismus, S. 130–132, hier S. 131; sowie Michael Stark: Für und wider den Expressionismus. Die Entstehung der Intellektuellendebatte in der deutschen Literaturgeschichte. Stuttgart, 1982, S. 129.

Alfred Wolfenstein als gefeierter Jungautor des Expressionismus. Ausdruck mit allen Mitteln gegen die starre traditionelle Literatur. Revolte der Bürgersöhne gegen das Bürgertum, gegen dessen überholte Werte, gegen dessen fadenscheinige Moral. Sprachexperimente bis zum Nonsens. Sprach*gewalt*.

Und Wolfenstein? Provoziert »redlich«, mokiert sich aber nicht. Er träumt. Sprachlich hingebungsvoll, doch weniger brutal wie etwa Gottfried Benn oder Else Lasker-Schüler. Vielmehr leuchten bei Wolfenstein die bürgerlichen Vorbilder durch, ein Stefan George etwa oder Rilke, Hugo von Hofmannsthal. Wolfenstein ist ein bedingter Expressionist, viel eher ein stilmischender Individualist.

***

Die Weggefährten: Vergeblich die Suche nach dauerhaften Kameraden Alfred Wolfensteins. In Berlin schloss er sich den Expressionisten um Kurt Hiller und Franz Pfemfert an, in München klüngelte er mit Johannes R. Becher, mit Rainer Maria Rilke und Ernst Toller. Oskar Maria Graf aber will ihn nur flüchtig gekannt haben, Robert Musil und Marta Feuchtwanger wissen nur Anekdoten über Wolfenstein zu berichten. Die Beziehung zu Else Lasker-Schüler ist unklar, ebenso die Kontakte zu Thomas Mann, Gottfried Benn, Kafka und Hesse. Wolfenstein kannte sie alle persönlich und wurde doch von niemand gekannt. Er vermied die Gruppierungen, zog sich zurück, wo es ihm zu eng wurde. Ein geübter Außenseiter.

***

Henriette Hardenberg, München, 1918

(Aus: Henriette Hardenberg: Südliches Herz. Nachgelassene Dichtungen. Hg. v. Hartmut Vollmer. Zürich, 1994. S. 2)

Rainer Maria Rilke begegnet Wolfenstein erstmals im Frühjahr 1914, im Haus des Fischer-Verlages. Beide Literaten stehen seit mindestens vier Jahren in regem Briefkontakt und tauschen Bücher und Manuskripte aus.

Im Herbst 1916 besucht Rilke eine Lesung Wolfensteins in München, zwei Jahre darauf liest Rilke aus Wolfenstein-Texten während eines geselligen Abends in seiner Privatwohnung. 1919 nimmt Wolfenstein vier Gedichte Rilkes in sein Jahrbuch *Die Erhebung* auf. Im Mai 1925 besucht Wolfenstein den schwerkranken Dichter für ein paar Tage in Paris.

Doch diese Bekanntschaft ist kaum von Produktivität geprägt. Außer ein paar freundlichen Worten ist nichts überliefert.

***

Er sei mit ihm verwandt gewesen, erklärt Alfred Kantorowicz, aber »wir sind uns nur hin und wieder begegnet«.[9] Er wünsche sich, dass in Wolfensteins Geburtsstadt Halle doch ein Straßenzug nach dem Dichter benannt würde. Dies geschieht am 15. September 1945.

Ein seltener Satz: »Ich war mit Wolfenstein, einem der reinsten und edelsten Menschen und Dichter, die ich je gekannt habe, seit unsern gemeinsamen literarischen Anfängen eng befreundet ...« Er stammt von Rudolf Leonhard.[10]

---

9 Brief von Alfred Kantorowicz an die Stadt Halle (1.5.1947). Stadtarchiv Halle, Akte FA 2619.

10 Brief von Rudolf Leonhard an die Stadt Halle (18.9.1949). Stadtarchiv Halle, Akte FA 2619.

***

Wie wurde Wolfenstein zum Schriftsteller? Völlig unklar. Die – wie auch immer zustande gekommenen – Kontakte zur Berliner Kultur befördern seinen Aufstieg, seine erste Buchveröffentlichung. Dieser Erfolg sichert Wolfenstein den Austritt aus der von der Mutter ersehnten Juristenlaufbahn.

Ebenfalls 1914, zeitgleich mit seiner ersten Buchveröffentlichung, lernt Wolfenstein die Anwaltstochter Margarete Rosenberg kennen. Zwei Jahre darauf heiratet er die gut zehn Jahre jüngere Schriftstellerin, die unter dem Pseudonym Henriette Hardenberg gelegentlich Gedichte veröffentlicht.

Mit der Heirat signalisiert Wolfenstein der Mutter endgültig, dass er mündig geworden ist. Er fordert stumm Freiheit von ihr. Doch wieder bleibt der Konflikt unausgesprochen. Das junge Paar siedelt einfach nach München über und entgeht der Mutter Wolfenstein.

***

»München leuchtete«, lässt Thomas Mann seine Novelle *Gladius Dei* (1902) beginnen. Hier, am Ufer der Isar, lebt die revolutionäre Kultur. Brecht. Feuchtwanger. Rilke. Oskar Maria Graf. Gustav Landauer, Ernst Toller. Und nun auch Wolfenstein, der in München begeistert empfangen wird: »Wir Beiden, o wir können Tausende in Brand setzen«, ruft etwa Becher entzückt aus.[11]

---

11 Brief von Johannes R. Becher an Alfred Wolfenstein (19.9.1915). In: Johannes R. Becher: Briefe 1909–1958. Hg. v. Rolf Harder. Berlin, Weimar, 1993. S. 35.

Vordringlichste Frage für Wolfenstein ist die gesellschaftliche Bedeutung der Literatur. Inmitten des Weltkrieges plädiert er für Völkerverständigung, Brüderlichkeit und Sinnlichkeit. Wolfenstein vertritt diese Forderungen bereits 1915 im »Aufbruch«-Kreis um Kurt Hiller und auch in der *Novelle an die Zeit* (1915) – einem der ersten expressionistischen Texte gegen den Krieg.[12]

Umfangreicher äußert sich Wolfenstein in einem zweiten Gedichtband, *Die Freundschaft* geheißen, zur grausigen, erdrückenden Gegenwart und dem zu beschreitenden Weg in eine humanere Zukunft. Doch den Gedichten haftet etwas Melancholisches an, das den zum Ausdruck gebrachten Zukunftsoptimismus konterkariert. Wolfensteins Träume von der Revolution platzen bereits vor der Revolte.

* * *

Bürger Wolfenstein. Am 4. November 1916 wird Henriette Hardenberg und Alfred Wolfenstein ein Sohn geboren, Frank Thomas. Anlässlich der Geburt sind die werdenden Eltern für einige Monate nach Berlin gereist, haben die Nähe zu den eigenen Eltern gesucht.

Der offen erotische Ton des Briefes (»Liebster!«, »Sie wissen ja. Daß ich Sie heftig, gerade und immer liebe.«, »Oft (wie oft!) möchte ich Sie küssen«) wurde teils als Indiz für ein homoerotisches Verhältnis zwischen Becher und Wolfenstein verstanden. Hingegen wird Bechers Überschwang verständlicher, wenn bedacht wird, dass ihm auch andere Freundschaften wie die zu Wolfenstein als »Projektionsflächen« seiner Emotionen dienten. Siehe Jens-Fietje Dwars: Abgrund des Widerspruchs. Das Leben des Johannes R. Becher. Berlin, 1998, S. 61f.

12 Wilhelm Krull: Prosa des Expressionismus. Stuttgart, 1984, S. 76.

Nun droht also Wolfenstein, ein Vertreter desselben bürgerlichen Lebens zu werden, zu dem ihm seine Mutter immer erziehen wollte. Zur selben Zeit erlangt Wolfenstein seinen Doktorgrad und hat nun endlich seine akademische Laufbahn abgeschlossen.[13] Droht nun tatsächlich das bürgerliche Leben mit seiner Enge?

»Ein Söhnchen ist erschienen (ich habe mehr die Empfindung, es sei ein kleiner Bruder)«,[14] schreibt Wolfenstein dem befreundeten Schriftsteller Gottfried Kölwel. Die Vaterrolle lehnt er ab, sie ist ihm zu bürgerlich und auch zu fremd. Immerhin erlebte er den eigenen Vater kaum.

***

Die Münchener Räterepublik. Ausnahmezustand in der allgemeinen Orientierungslosigkeit. Der Krieg ist verloren, das Reich teils besetzt, teils abgetreten. Der Kaiser ist zum Abdanken gezwungen worden, mit ihm verschwindet der gesamte Adel aus deutschen Landen. Die Deutschen als schuldiges Tätervolk, wirtschaftlich ruiniert.

Es beginnt der Wettlauf der Systeme: Welche Staatsform soll die Monarchie ablösen? In München gewinnen für kurze Monate die Linken die Oberhand. Eine bunte Mischung

---

13 Das genaue Datum hierfür ist unbekannt. Henriette Hardenberg erinnert sich jedoch, dass Wolfenstein nach beider Hochzeit und dem Umzug nach München die Doktorwürde erlangte. Siehe Brief von Margarethe Frankenschwerth an Paul Raabe (13.3.1968). Privatarchiv Paul Raabe. Einen Brief vom 28.10.1917 an den Kurt Wolff Verlag zeichnete Wolfenstein bereits mit dem Titel »Dr.«, siehe ebd.

14 Fischer: Wolfenstein, S. 32; ausführlich zu Frank Wolfenstein siehe Bernhard Spring: »Ein Dichterspross in Letzlingen. Frank Wolfensteins Suche nach einer Ersatzfamilie«. In: Altmark-Zeitung, 24.7.2010.

Alfred Wolfenstein mit Sohn Frank, München,
Frühjahr 1919

(© Akademie der Künste, Berlin, Alfred-Wolfenstein-Archiv)

aus Kommunisten, Sozialisten, Fantasten, Sozialdemokraten, Anarchisten, Antimonarchisten und namenlosen Sympathisanten. Der Schriftsteller Ernst Toller versucht, staatliche Strukturen aufzubauen, ihm zur Seite steht ein »Rat der geistigen Arbeiter«, in dem Rilke vertreten ist, Becher, Graf, Erich Mühsam, Landauer – und Alfred Wolfenstein. Die Bürgersöhne zeigen sich begeistert von der Sache der Proletarier, drucken Pamphlete und Flugschriften, bleiben den Arbeitern im Grunde aber wesensfremd und über deren eigentliche Bedürfnisse »maßlos erstaunt«.[15]

Bald hat sich das revolutionäre System erledigt und wird von Reichstruppen zerschlagen. Nun herrscht die Zeit der Vergeltung. Auch Wolfenstein wird von einer Bürgerin denunziert, da er propagiert haben soll: »Wenn Christus heute lebte, würde er wie jeder anständige Mensch Kommunist sein.« Wolfenstein wird gefangen genommen und bald wieder von einem Offizier, der ihn schätzt, laufen gelassen.[16] Die linke Revolution und mit ihr das Münchner Kulturleben sind zu Ende.

* * *

Wolfenstein aber findet keinen Neuanfang. Er wird mit seinem Jahrbuch *Die Erhebung* zum Chronisten der Revolution und des jugendlichen Zeitgefühls. Alfred Döblin, Franz Werfel, Ernst Bloch, Paul Zech, Rilke und Becher steuern

15 Rolf Rechnagel: Ein Bayer in Amerika. Oskar Maria Graf. Leben und Werk. Berlin, 1974, S. 88.

16 Fischer: Wolfenstein, S. 37. Bestätigt wird dieser Vorfall durch Marta Feuchtwanger; siehe dies.: Nur eine Frau, S. 126.

Texte für Wolfensteins Projekt bei, das bereits im zweiten Jahrgang wieder eingestellt wird. Es stößt auf geteiltes Echo, doch die Aussagekraft der Sammlung wird nicht angezweifelt, auch nicht von dem ablehnenden Arnold Zweig: »Alles Gute, das wir erstrebt oder geleistet haben, ist einfach verschüttet vom Wust des dilettantischsten, gesinnungsvollsten Geschmackes, das je für Dichtung ausgegeben worden ist.«[17]

Das Jahr 1919 wird zur Zäsur im Leben und Werk Alfred Wolfensteins. Die Revolution ist endgültig gescheitert, Ernst Toller verhaftet, Gustav Landauer ermordet. Wolfenstein wendet sich von der Lyrik ab, findet nur noch vereinzelt zu seiner dichterischen Größe zurück.

Stattdessen steigert sich Wolfenstein in die Verehrung der Jugend hinein, des Aufbruchs, des Wandels, hält an seinem leicht expressionistischen Stil fest und verweigert sich jeder Umorientierung.

Zudem häufen sich alltägliche Probleme. Die Inflation der Nachkriegszeit setzt die Künstler unter wirtschaftlichen Druck. Die Hardenberg sucht Trost und Abenteuer außerhalb der Ehe mit dem sexuell eher weniger interessierten Wolfenstein. Er duldet ihre Affären zähneknirschend, erträgt sie – und meidet erneut den Konflikt.

***

Eine unruhige Zeit beginnt. Wolfenstein pendelt zwischen München und Berlin, gewinnt Abstand zu den politischen

---

17 Arnold Zweig: Werk und Leben in Dokumenten und Bildern. Hg. v. Georg Wenzel. Berlin, Weimar, 1978, S. 99.

Ereignissen in Süddeutschland, lernt ein zweites Mal die Kulturmetropole Berlin kennen. Während Johannes R. Becher monatelang in Wolfensteins Münchener Wohnung haust,[18] findet dieser Anschluss an die Literaten um Carl von Ossietzky, den Herausgeber der *Weltbühne*. Klabund und Kästner also, Alfred Polgar, Walter Mehring.

Privat verkehrt Wolfenstein mit dem »rasenden Reporter« Egon Erwin Kisch und dem Ehepaar Claire und Yvan Goll. Man gibt sich weltgewandt und auch ein wenig altklug. Die Zeiten werden langsam verklärt goldener, aber immer noch ist das Künstlerleben ein Drahtseilakt.

Wolfenstein übersetzt, um sich wirtschaftlich zu halten. Er überträgt Gérard de Nerval, Molière und Victor Hugo aus dem Französischen, Percy B. Shelley, den Nobelpreisträger Eugene O'Neill und Edgar Allen Poe aus dem Englischen.[19] Auch die populären *Denkwürdigkeiten der Scharfrichterfamilie Sanson* aus den Tagen der Französischen Revolution übersetzt Wolfenstein ins Deutsche.

Henriette Hardenberg trägt auf ihre Weise zum Einkommen bei. Sie arbeitet als Schauspielerin und Modell, reist viel herum, ist mal in den Alpen, mal bei Rilke in Paris. Ihre Liebschaften – im Grunde aber ihr unterschiedliches Temperament – und die seltener gemeinsam verbrachte Zeit führen zur Entfremdung. Das Paar geht bald getrennte Wege, der Sohn verschwindet in einem altmärkischen Internat.[20]

18 Dwars: Abgrund des Widerspruchs, S. 127.

19 Vgl. Paul Raabe: Die Autoren und Bücher des literarischen Expressionismus. Stuttgart, 1992, S. 530 ff.

20 Hierbei handelte es sich um die Freie Schul- und Werkgemeinschaft in Letzlingen; siehe Günter Holtz: Anmerkungen. In: Alfred Wolfenstein: Frank. Werke Bd. 2. Hg. v. Günter Holtz. Mainz, 1984, S. 496.

Im September 1922 siedelt Wolfenstein endgültig nach Berlin über, wo er für verschiedene Zeitungen und gelegentlich auch für den Rundfunk arbeitet.[21]

***

Wolfenstein als Dramatiker. Die Neuentdeckung, die Selbstfindung, endlich der ersehnte Fortschritt nach Jahren des Darbens und Verarbeitens. Wolfenstein lässt die Hoffnungen und Resignation der vergangenen Jahre hinter sich und wendet sich stattdessen der Bühne zu.

Er schreibt Stücke, ganz im expressionistischen Stil gehalten, wortkarg, gewaltvoll und düster. Selten schön. Noch seltener aufgeführt. Wolfenstein reitet ein neues Steckenpferd kaputt.

Seinen Stücken, die mehr als Lesedramen angelegt sind, als dass sie tatsächlich für die Bühne geeignet wären, ist nur wenig Anerkennung beschieden. Lediglich drei Dramen Wolfensteins schaffen in den Zwanzigern den Weg auf die »Bretter, die die Welt bedeuten«: So werden *Bäume in den Himmel* 1928 in Oberhausen, *Celestina* im selben Jahr in Frankfurt und *Die Nacht vor dem Beil* 1929 in Erfurt uraufgeführt, alle ohne besonderen Erfolg. An ihnen werden hauptsächlich die Künstlichkeit der Handlung, die Schwäche der Aussage und der belehrende Duktus ihres Verfassers

21 Entgegen der allgemein verbreiteten Annahme, Wolfenstein habe sich von 1916 bis 1924 weitestgehend in München aufgehalten, hielt er sich währenddessen oft monatelang in Berlin auf. Für eine Niederlassung in München nach dem 30.9.1922 gibt es keine Belege; siehe Meldebogen der Stadt München für Alfred Wolfenstein.

kritisiert.[22] So bleibt Wolfenstein die ersehnte Anerkennung auf dem Theater letztlich verwehrt.

Dennoch zählt Wolfenstein zu den großen Künstlern seiner Zeit. Er ist in den maßgeblichen Jahrbüchern vertreten, diskutiert in Essays über die aktuelle Lage der Literatur und erfährt großen Ruhm als Dichter – ein Kuriosum, da Wolfenstein seit 1917 keinen eigenständigen Lyrikband mehr veröffentlicht hat und auch die 1928 erscheinenden *Bewegungen* lediglich eine Zusammenstellung bearbeiteter, älterer Texte darstellen.

Wolfenstein zeigt sich umtriebig in diesen Jahren, vielleicht weil er dem häuslichen Kummer vergessen will. Henriette Hardenberg verlässt den stillen Dichter endgültig 1929, im Jahr darauf erfolgt die Scheidung. Wolfenstein vergräbt sich in Arbeiten. Das Produkt langwieriger Recherche- und Übersetzerarbeit ist der Sammelband *Hier schreibt Paris*, der 1931 erscheint und Texte von André Gide, Paul Valéry, Iwan Goll und zahlreichen anderen namhaften französischen Autoren vereint. Wolfenstein als Europäer, als aufgeklärter Humanist der westlichen Hemisphäre. Die 1930 erscheinende Werksammlung von Arthur Rimbaud, die Wolfenstein übertragen hat, wird mit dem ersten Übersetzerpreis ausgezeichnet. Wolfensteins Höhepunkt als Herausgeber ist erreicht.

***

22 Letzteres ein nicht ganz unbekannter Vorwurf. Schon 1914 hatte Musil in den frühen Gedichten Wolfensteins »etwas intellektuell Administratives« ausgemacht, das den Ausdruck der Texte beeinträchtige; siehe Robert Musil: Essays, Reden, Kritiken. Hg. v. Anna Gabrisch. Berlin, 1984, S. 110 f.

Wolfenstein in jenen Tagen ... Der Schriftsteller Franz Blei legt einen satirischen Vergleich mit einem Tier an: »Das Wolfenstein: Das grässliche Wolfenstein ist das Murmeltier der Flachlandschaft, die es vergeblich durch eifriges Graben mit seinen Pfoten, ja mit dem Kopfe, zu vertiefen sucht. Es hat von dieser Leidenschaft etwas Verbissenes bekommen, sodaß es sich manchmal in seine eigenen Pfoten beißt.«[23]

Wolfenstein selbst feilt an einer beinah mystischen Biografie des Aufsteigers: »Ich kam, – auf dem Lande und dann in der kleinen Stadt Dessau aufgewachsen, – nach Berlin, achtzehnjährig. Berlin wurde der Stachel für den großen Zwiespalt zwischen Menschenzuneigung und Einsamkeit, der andere ist mein Judentum«, heißt es in der *Selbstcharakteristik 1921*. Verschleierungen: Die Stadt Halle – größer als Dessau – wird zum »Lande« stilisiert, als sei Wolfenstein ein Wanderer von der Natur zur Siedlung zur Hauptstadt. Dort verliert er sich in den abstrakten Gedanken der Intellektuellen. Religionstheorie, Emotionslosigkeit, Isolation, erstrebte Zugehörigkeit. Es scheint, als bewegten ihn dieselben Stoffe, die ihn bereits zu Beginn seiner Schriftstellerei umgetrieben haben. Die große Aussöhnung, der Traum von Brüderlichkeit.

***

Im Jahr 1932 kommt Wolfenstein erstmals mit dem erstarkenden Nationalsozialismus in Berührung. Er ist Jude, doch

23 Franz Blei: Bestiarium literaricum. In: ders.: Porträts. Hg. v. Anne Gabrisch. Berlin, 1986, S. 363–402, hier S. 376.

bislang ängstigten ihn die Anfeindungen der Rechten nicht sonderlich. Vielleicht drangen sie auch nicht bis zu dem vergeistigten Dichter durch.

Carl von Ossietzky wird 1932 des Landesverrats angeklagt, da er in seiner Zeitschrift *Weltbühne* von geheimen Aufrüstungen der Reichswehr berichtete. Der »Weltbühne-Prozess« erfährt internationale Aufmerksamkeit; Ossietzky wird zu einer achtzehnmonatigen Haftstrafe verurteilt, was zu unzähligen Sympathiebekundungen mit dem Verurteilten führt. Einige Schriftsteller, unter ihnen auch Wolfenstein, begleiten Ossietzky am 10. Mai 1932, dem Tag seines Haftantritts, demonstrativ bis zum Gefängnistor.[24] Damit bekennt sich Wolfenstein nach der Münchner Räterepublik ein zweites Mal öffentlich für sein soziales, linksdemokratisches Engagement.

Dieser Auftritt wird ihm im folgenden Jahr zum Verhängnis, als nach der Wahl Adolf Hitlers zum Reichskanzler am 30. Januar und dem Reichstagsbrand vom 28. Februar die Verfolgung von den Nationalsozialisten missliebiger Personen und Gemeinschaften einsetzt. Gewarnt von der Liga für Menschenrechte, gelingt Wolfenstein am 4. März 1933 die Flucht aus Berlin nach Prag, mit »einem kleinen Handkoffer & keinem Pfennig Geld«,[25] da er zunächst an eine nur kurzzeitige Exilierung glaubt.[26]

***

24 Brief von Alfred Kantorowicz an die Stadt Halle.
25 Brief von Frank Wolfenstein an Paul Raabe (24.8.1961). Privatarchiv Paul Raabe.
26 Fischer: Wolfenstein, S. 42.

Prag entwickelt sich bald zu einem Zentrum der aus dem deutschen Reich emigrierten Schriftsteller, die hier aufgrund einer großen deutschsprachigen Minderheit vielfältige Möglichkeiten vorfinden, in ihrer Muttersprache an die Öffentlichkeit zu treten, zu arbeiten, zu leben. Dennoch findet sich Wolfenstein nur schwer in seine neuen Lebensumstände ein. Er »irrte in den Straßen von Prag umher und faßte jedem, dem er begegnete, am Rockkragen: ›Glauben Sie, daß ich wieder nach Deutschland zurückkönnte?‹«[27] Um sich von seinen Existenzsorgen abzulenken, aber auch, um Geld zu verdienen, beginnt Wolfenstein, gemeinsam mit dem Kritiker Hans Sahl ein Filmmanuskript zu verfassen. Jedoch wurde *Das verlorene Hotel* nie verfilmt.

Zu dieser Zeit lebt Wolfenstein in der Prager Neustadt, da sich seine wirtschaftliche Lage aber zusehends verschlechtert, verlegt er seinen Wohnsitz bald weiter in den Osten Prags, wo er eine kleine Dachwohnung in der Radhošt'ská Nr. 9 bezieht.[28] Wolfenstein arbeitet zunächst für diverse Prager Zeitungen wie die *Jüdische Revue*, die *Neue Weltbühne* und das *Prager Tageblatt*, wodurch er den Kontakt zu vielen emigrierten Schriftstellern hält, beispielsweise zu Walter Mehring, Egon Erwin Kisch und Stefan Heym. Durch seine Mitarbeit bei auswärtigen Zeitschriften wie *Das Wort* und *Die Sammlung* steht Wolfenstein in diesen

27 Kommentar zum *Verlorenen Hotel* von Hans Sahl. In: Wolfenstein: Werke Bd. 4, S. 562.

28 Wolfenstein lebte zuerst in Prag II, Havlíčkovo; siehe Wolfenstein: Werke. Bd. 4, S. 561. Später lebte er im Osten Prags; siehe Brief von Lion Feuchtwanger an Willi Bredel (6.8.1936). In: Lion Feuchtwanger: Briefwechsel mit Freunden 1933–1958. Bd. 1. Hg. v. Harold von Hofe, Sigrid Washburn. Berlin, Weimar, 1991, S. 372–375, hier S. 372.

Tagen außerdem in losem Kontakt mit den nach Moskau und Amsterdam geflohenen Schriftstellern, allen voran Bertolt Brecht, Lion Feuchtwanger und Klaus Mann.

Um seine finanzielle Lage abzusichern, verdingt sich Wolfenstein neben seiner vielfältigen journalistischen Tätigkeit als Rundfunkredakteur und als Übersetzer.[29] Gelegentlich hält er auch auf Einladung des Kulturausschusses der Liga für Menschenrechte sowie des Volksbildungsvereins »Urania« einige Lesungen und Vorträge.[30] Am 30. Oktober 1934 wird zudem sein Einakter *Die verhexte Hand* – der auf einer von Wolfenstein übersetzten Novelle von Gerard de Nerval beruht – am Prager Marionettentheater »La Scène« aufgeführt, auch wenn dieser Inszenierung kein dauerhafter Erfolg beschieden ist.

Wolfensteins rege literarische Produktion wird jedoch eindeutig von seiner prosaischen Arbeit bestimmt. Mit dem Erzählband *Gefährliche Engel*, der 1936 im tschechischen Verlag Kittl in Mährisch-Ostrau (tschech. Ostrava) erscheint, knüpft Wolfenstein an die Sammlung *Der Lebende* aus dem Jahr 1918 an. Während dieser frühere Band allerdings stark von einer schwer zugänglichen Symbolsprache und einer melancholisch verhaltenen Aufbruchsstimmung getragen wurde, bilden die in dem späteren Band zusammengefassten Geschichten einen umfangreicheren Abriss des Schaffens Wolfensteins. Zwar findet sich auch hier vereinzelt die bekannte vertrackte Symbolik, doch sind die

---

29 Fischer: Wolfenstein, S. 42.

30 Ludwig Hoffmann et al.: Kunst und Literatur im Exil. Bd. 5: Exil in der Tschechoslowakei, in Großbritannien, Skandinavien und in Palästina. Leipzig, 1980, S. 81 ff.

Erzählungen weniger idealisiert und lebendiger. In der Einfachheit der Darstellung und der Sprachgestaltung zeigt sich Wolfensteins Überwindung des Expressionismus hin zu einer eher nüchtern gehaltenen Erzählhaltung.

Gegen Ende des Jahres 1936 nimmt Wolfenstein ein neues literarisches Großprojekt in Angriff, das ihn über mehrere Jahre hinweg beschäftigen soll: Als Übersetzer und Herausgeber stellt er mit dem Sammelband *Stimmen der Völker* die »schönsten Gedichte aller Zeiten und Länder« zusammen.[31] Diese große Edition stellt eine herausragende künstlerische Leistung dar, gerade in Hinblick auf die widrigen Umstände des Exils, unter denen Wolfenstein arbeitet. Etwas später, im Frühjahr 1937, beginnt er parallel zu seinen übrigen Tätigkeiten mit der Niederschrift eines Romans, der die Konflikte der jungen Generation veranschaulichen und in eine humanere und vor allem friedlichere Zukunft weisen soll – die alte Vision in neuem, prosaischem Gewand. Benannt nach seinem Sohn, wird *Frank. Roman einer Jugend* von Wolfenstein in drei Fassungen angelegt, jedoch nie beendet.

***

Ganz offensichtlich stürzt das Leben im Exil Wolfenstein in eine ernste Schaffenskrise. Während er immer größere Hoffnungen in einen späteren Erfolg seines Romans setzt, verzettelt er sich zunehmend beim Verfassen von *Frank* und kann diesen seinen ersten Roman nicht zu einem Abschluss

31 So der Untertitel der Anthologie.

bringen. Wolfenstein ist gefangen in seinen Träumen und Ängsten, das Schreiben wird ihm zur Therapie ohne Heilung.

In Prag spürt Wolfenstein zudem verstärkt seine familiäre Isolation. Sein Sohn Frank irrt zu jener Zeit ohne gültige Ausweispapiere durch Europa und setzt sich schließlich nach Palästina ab, sodass die wenigen bisherigen Zusammentreffen zwischen Vater und Sohn ab 1937 gänzlich ausbleiben. Henriette Hardenberg, mit der Wolfenstein nach wie vor in freundschaftlichem Briefkontakt steht, ist nach London emigriert und besucht den Dichter nur einmal, 1935, in Prag. Wolfensteins Schwester Sofie ist im selben Jahr gemeinsam mit ihrem Ehemann Fritz Loew in die Sowjetunion ausgewandert, allerdings 1937 nach dem Verschwinden Loews – wahrscheinlich im Zuge parteiinterner Säuberungen durch Stalin – ausgewiesen worden und hat in Frankreich Zuflucht gefunden.

Wolfenstein leidet auch darunter, fernab der Heimat leben zu müssen. In Deutschland sind zuletzt 1934 der Aufsatz *Von der Dichtung der Juden* im Berliner *Morgen* und das Gedicht *Kürzester Tag* in der *Jüdischen Rundschau* im Jahr darauf erschienen. Anschließend aber findet Wolfenstein als verfemter jüdischer Linker keine Möglichkeit mehr, in seinem Heimatland zu veröffentlichen. Er ist seiner Leserschaft beraubt worden und muss sich mit den Prager Bedingungen arrangieren, was Wolfenstein in den Anfangsjahren auch allmählich gelingt, mit zunehmender Dauer des Exils aber immer unerträglicher wird. Wolfenstein erkennt schließlich, dass an eine baldige Heimkehr nicht mehr zu denken ist. Zukunftsängste, Selbstzweifel und Klagen über körperliche Gebrechen klingen immer häufiger in seinen

Alfred Wolfenstein, vermutlich mit Sohn Frank, um 1934

(© Akademie der Künste, Berlin, Alfred-Wolfenstein-Archiv)

Briefen an.[32] Der Dichter sieht sich am Ende, jammert regelrecht, ist ohne Elan. Wofür noch kämpfen, wogegen noch anschreiben? Das sind essenzielle Fragen im Exil, die sich auch manch anderer Autor stellt. Kurt Tucholsky etwa, der sich aus Enttäuschung über die ausbleibende Wirkung humaner Literatur erst in Schweigen hüllt und dann das Leben nimmt. Wolfenstein durchlebt ähnliche Depressionen.

32 Fischer: Wolfenstein, S. 43.

* * *

Ein erster Lichtschimmer: Im Frühjahr 1938 erscheinen die *Stimmen der Völker* in Amsterdam und werden von den Exilliteraten und der deutschsprachigen Öffentlichkeit außerhalb des Reiches wohlwollend aufgenommen. So äußert sich etwa Hermann Hesse im März des Jahres in der *Basler National-Zeitung* positiv über den Gedichtband und auch René Schickele bespricht ihn lobend im *Neuen Tagebuch* vom Mai 1938.

Währenddessen nimmt der politische Druck, der von dem Deutschen Reich auf die kleine Tschechoslowakei ausgeübt wird, beständig zu. So sieht sich Wolfenstein im Frühjahr 1938 gezwungen, Prag zu verlassen und in Frankreich Asyl zu suchen. Zwar halten sich hartnäckig Gerüchte, Wolfenstein sei erst im März 1939 kurz vor der Einnahme der tschechischen Hauptstadt aus Prag durch einen spektakulären Flug nach Paris entkommen, doch die Sensation ist nur Legende: Bereits ein Jahr zuvor hält sich Wolfenstein nachweislich in der Metropole an der Seine auf. Am 7. Juni 1938 nimmt er dort an der Beisetzung des österreichischen Schriftstellers Ödön von Horváth teil, der ebenfalls vor den Nationalsozialisten geflohen und in Paris durch einen Unfall gestorben war.[33]

* * *

---

33 Peter Fischer vertritt die Version einer spektakulären Flucht aus Prag im März 1939; siehe Fischer: Wolfenstein, S. 44. Deren Falschheit belegt ein Brief von Wolfenstein an Henriette Hardenberg vom 9.6.1938; siehe Günter Holtz: Einleitung. In: Alfred Wolfenstein: Werke. Bd. 2. Frank. Hg. v. Hermann Haarmann und Günter Holtz. Mainz, 1984, S. 9.

In Paris lebt Wolfenstein zunächst in dem Hotel Helvetia in der Rue de Tournon, nahe des Jardin du Luxembourg, wo viele Emigranten wie etwa Joseph Roth oder Gustav Regler mit der Nachsicht der Wirtin Madame Chollet bezüglich finanzieller Dinge rechnen können.[34] Wolfenstein findet in der französischen Hauptstadt wesentlich weniger Möglichkeiten zur Veröffentlichung seiner Texte als zuvor in Prag. Die wenigen deutschsprachigen Zeitungen, die es in Frankreich gibt, sind allesamt von Emigranten gegründet worden und erscheinen in nur kleinen Auflagen. Die Leserschaft ist überschaubar, die Honorare dürftig. Zwar schreibt Wolfenstein in dieser Zeit für die *Pariser Tageszeitung*, das *Pariser Tageblatt* und einige andere Blätter, doch darüber hinaus bleibt ihm die Mitarbeit in den französischsprachigen Zeitungen aufgrund von sprachlichen Hürden verwehrt[35] – ein etwas merkwürdiger Grund, den seine Schwester da anführt, wenn man bedenkt, dass Wolfenstein seit jungen Jahren aus dem Französischen übersetzte! Viel wahrscheinlicher ist die zunehmende Anfeindung der deutschen Emigranten durch die Franzosen, die den Konflikt mit Hitlerdeutschland fürchten.

Tatsächlich verschlechtert sich die allgemeine Situation der Emigranten in Frankreich ab 1938 erheblich.[36] Nach dem Zerfall der französischen Volksfront aus Sozialisten, Kommunisten und Radikalsozialisten unter Premierminis-

34 Hans Sahl: Das Exil im Exil. Memoiren eines Moralisten. Bd. II. München, 1994, S. 57.

35 Brief von Sofie Loew-Wolfenstein an den Rat der Landeshauptstadt Halle.

36 Zur Lage der deutschen Emigranten in Frankreich: Gilbert Badia: Frankreichs Haltung gegenüber den deutschsprachigen Emigranten zwischen 1933 und 1940. In: Anne Saint Sauveur-Henn (Hg.): Fluchtziel Paris. Die deutschsprachige Emigration 1933–1940. Berlin, 2002, S. 29–40.

Alfred Wolfenstein, 1942

(© Akademie der Künste, Berlin, Alfred-Wolfenstein-Archiv)

ter Léon Blum strebt Frankreich den Ausgleich mit Deutschland an. Waren die Emigranten seit 1933 weitestgehend geduldet worden, stellen sie nun eine Provokation für das Hitlerregime dar, die Frankreich tunlichst vermeiden will. Mit Aufenthaltsverboten und Ausweisungen (!) versucht die französische Regierung deshalb, der Emigranten Herr zu werden, und treibt viele Exilierte in den Untergrund und somit in die Illegalität. 1939 werden erstmals männliche Emigranten in südfranzösischen Lagern interniert. Während zahlreiche Bekannte Wolfensteins von diesen Maßnahmen betroffen sind und allmählich aus Paris verschwinden, bleibt er selbst von den Nachstellungen der französischen Behörden verschont – Wolfenstein ist im März 1939 von deutscher Seite her ausgebürgert worden und verfügte bereits zuvor über einen tschechischen Pass. Als Tscheche ist er nun von den gegen die Deutschen in Frankreich gerichteten Internierungen nicht betroffen.[37]

So kann er sich verhältnismäßig frei bewegen und verbringt den Sommer 1939 in Le Lavandou, einem kleinen Ort an der französischen Riviera, wo er unter anderem mit dem Schriftsteller Alfred Kantorowicz verkehrt.[38]

* * *

Worüber schreibt Wolfenstein im französischen Exil? Er bemüht sich um ein näheres Kennenlernen der französischen Kultur, setzt sich mit seiner persönlichen Lage auseinander,

---

37 Alfred Kantorowicz: Nachtbücher. Aufzeichnungen im französischen Exil 1935 bis 1939. Hg. v. Ursula Büttner, Angelika Voß. Hamburg, 1995, S. 306.
38 Brief von Alfred Kantorowicz an die Stadt Halle.

rezensiert Bücher gegen Hitler, beurteilt alte Weggefährten, neue Talente ... Aber er selbst kommt nicht so recht vom Fleck. Was ihn umtreibt, vertraut er nur den Briefen an Hardenberg an, lässt er in das immer umfangreichere Romanmanuskript einfließen.

***

Als Deutschland am 10. Mai 1940 Frankreich, die Niederlande, Belgien und Luxemburg angreift, erfolgt in Frankreich eine zweite Internierungswelle, die nun auch die exilierten Frauen und Jugendlichen über 16 Jahre erfasst. Panik unter den deutschen Emigranten. Ernst Weiß tötet sich aus Furcht vor der nahenden Wehrmacht in Paris, Walter Benjamin bringt sich im Lager um, Walter Hasenclever tut es ihm gleich. Maria Leitner verschwindet, Willi Münzenberg stirbt unter ungeklärten Umständen.

Wer kann, flüchtet sich ins Ausland. In den Lagern brodelt es. Die Angst geht um. Die noch freien Schriftsteller wie Heinrich Mann und Franz Werfel setzen sich über die Pyrenäen nach Spanien und weiter in die USA ab. Wem der Ausbruch aus den Internierungslagern gelingt, verlässt ebenfalls eilig das Land. Lion Feuchtwanger etwa. Friedrich Wolf, Anna Seghers. Wolfenstein kritisiert diese *Europaflucht* – so der Titel eines seiner Gedichte aus dieser Zeit – und beharrt darauf, in Frankreich trotz der widrigen Umstände weiterhin gegen den Krieg und den Nationalsozialismus anzuschreiben.

Doch während Wolfenstein in Paris auf einsamem Posten verharrt, entwickelt sich der Kriegsverlauf zu Ungunsten Frankreichs. Bald droht die französische Hauptstadt eingenommen zu werden, und Wolfenstein hat längst den Kontakt zu seinen Bekannten verloren, ist bar jeder Unterstützung. Verzweiflung und Hoffnung wechseln sich ab. Als die deutschen Truppen am 14. Juni mit der Eroberung von Paris beginnen, flieht Wolfenstein dann doch. Er wendet sich nach Süden und gelangt an die Ufer der etwa 120 Kilometer entfernten Loire. Dort endet seine Flucht. Die Front hat ihn überrollt, die Brücken über den Fluss sind gesprengt. Wolfenstein wird erkannt, aufgegriffen und zurück nach Paris geführt. Im Gefängnis La Santé wiederholt sich eine Episode aus seinem früheren Leben während der Münchner Räterepublik: Auch in Paris erkennt ein Offizier Wolfenstein und lässt ihn nach einer etwa einmonatigen Haft wieder frei.[39]

***

Doch wohin? Wolfenstein sitzt fest im von Deutschland besetzten Paris und läuft ständig Gefahr, als missliebiger Schriftsteller, als Jude erkannt zu werden. Zudem fehlt es ihm an dem Nötigsten. Wolfenstein erkennt in den folgenden Wochen und Monaten, dass es für ihn in Europa keine Zukunft mehr gibt.

Im September endlich entschließt er sich zur Flucht und verlässt die französische Hauptstadt in Richtung Süden. Hier hat sich unter Staatschef Philippe Pétain ein faschistischer Vasallenstaat gegründet, der zunächst noch den Ausgleich mit den Westalliierten sucht. Die südfranzösischen Häfen werden zum Nadelöhr für europäische Flüchtlinge.

39 Holtz: Einleitung, S. 12.

Wolfenstein taucht im Dezember 1940 in Carcassonne auf, einem kleinen Ort nahe der spanischen Grenze. Hier wartet er vergeblich auf ein Visum zur Ausreise nach Amerika. Zwar engagieren sich Thomas Mann, Stefan Zweig und Franz Werfel für Wolfensteins Sache, doch die Mühlen der Behörden mahlen langsam – zu langsam.

Stefan Zweig weiß zudem von einer privaten Verstrickung Wolfensteins zu berichten, die seiner Flucht im Wege steht: »Er lebte in Paris mit einer Frau N. N., wollte sie heiraten, deren wohlhabender Bruder hier in Brasilien lebt, ein Herr A. A. Dieser besorgte Frau N. N. ein Visum hierher und erklärte sich bereit, die materielle Sicherstellung für W. hier zu übernehmen und ich hatte daraufhin alles vorbereitet.

Jetzt hat der unglückselige Wolfenstein anscheinend die Lebensgefährtin gewechselt, lebt in Carcassonne mit E., während Frau N. N. in Marseille ist; damit wird die Sicherstellung des Bruders natürlich hinfällig, im Gegenteil, es wäre für ihn peinlich, wenn einerseits seine Schwester ohne Wolfenstein und dafür Wolfenstein mit einer neuen Lebensgefährtin hier ankäme.«[40]

***

Wolfenstein und die Frauen: ein unbekanntes Terrain. Schon 1912 spricht er einen frauenfeindlichen *Toast auf die Damen* aus, später versteigt er sich in maskuline Freundschaftsbekundungen und führt eine kameradschaftliche, doch kaum sexuelle Beziehung zu Henriette Hardenberg,

---

40 Hermann Kesten: Deutsche Literatur im Exil. Briefe europäischer Autoren 1933–1949. Wien, München, Basel, 1964, S. 178 f.

der er sogar nach der Scheidung und im Exil zumindest postalisch verbunden bleibt. Wolfenstein als Außenseiter, als isolierter Visionär einer Menschenfreundschaft.

Und nun, in Frankreich, häufen sich die Lebensgefährtinnen. Die Identitäten sind unbekannt: Wer mag schon entschlüsseln können, um wen es sich bei »N. N.« handelt, Wolfensteins Pariser Liaison? Zumindest über »E«, Elisabeth Laux, ist etwas bekannt: Im Frühjahr 1941 siedelt sie mit Wolfenstein nach Nizza über, wo beide auf die Möglichkeit eines Schifftransfers warten.

Wolfenstein richtet sich in Südfrankreich behelfsmäßig ein, findet wieder Kontakt zu mehreren deutschen Schriftstellern, beispielsweise zu dem greisen Alfred Mombert, der sich in die Schweiz absetzen will. Mombert hat seine gesamte Bibliothek auf der Flucht verloren und entbehrt der Lektüre, weshalb ihm Wolfenstein einige Bücher postalisch zukommen lässt, die ihm Mombert Mitte September 1941 zurückschickt, bevor er im Folgemonat in die Schweiz ausreist.[41]

Die Weggefährten verschwinden, und auch Wolfenstein erwartet seine Ausreisegenehmigung immer dringlicher, denn wie lange die politische Schönwetterlage in Südfrankreich hält, weiß niemand. Doch nur Elisabeth Laux erhält schließlich ein Visum. So trennt sich das Paar im Dezember 1941 und Wolfenstein bleibt allein in Frankreich zurück, während Laux von New York aus für seine Ausreise eintritt. Doch das amerikanische Konsulat in Südfrankreich stellt erst am 16. November 1942 ein entsprechendes Visum

41 Alfred Mombert: Brief an Alfred Wolfenstein (27.6.1941). In: ders.: Briefe 1893–1942. Hg. v. B. J. Morse. Heidelberg, Darmstadt, 1961, S. 167

für Wolfenstein aus – zu einem Zeitpunkt, da eine Ausreise praktisch nicht mehr durchführbar ist. Südfrankreich schließt sich enger an Hitlerdeutschland an und sperrt seine Grenzen für Flüchtlinge. Wolfenstein sitzt fest.

***

Es folgt ein Leben im Verborgenen. Wolfenstein lebt in Nizza, in einem Gartenhaus der Pension »Miramar«. Zwar schreibt er nach wie vor für einige Zeitungen wie die *Basler National-Zeitung*, den New Yorker *Aufbau* oder die *Jüdische Wochenschau*, die in Buenos Aires erscheint – die verschlungenen Wege der Postzustellung lassen sich nicht mehr verfolgen –, doch kann er davon seinen kümmerlichen Lebensunterhalt nicht bestreiten. Auch Wolfensteins 1941 in Zürich veröffentlichte Übersetzung von Emily Brontës Roman *Umwitterte Höhen* bessert seine Lage kaum auf. Stattdessen ist Wolfenstein auf die Unterstützung seiner neuen Lebensgefährtin Andrée Weil, auf karitative Hilfsorganisationen und private Spenden angewiesen. Wolfenstein lebt von der Hand in den Mund, wird depressiv und nervenkrank.

Dennoch arbeitet er ununterbrochen an seinem Roman *Frank* und glaubt immer noch, dass diesem einmal ein großer Erfolg beschieden sein würde. In ihm sieht er den wichtigsten Grund seines Weiterlebens: »Und ich wäre meines Romanes wegen, meines Kindes in drei Bänden, so gern herausgekommen, hinüber, da ich darin erst mein Eigentliches zu sagen habe«, erklärt er 1941 in einem Brief.[42]

---

42 Brief an J. W. Schülein, April 1941. Wolfenstein-Archiv der Akademie der Künste zu Berlin.

Im Juli 1942 verschlechtert sich Wolfensteins Lage erheblich, als der französische Staatschef Pétain dem Druck aus Berlin nachgibt und sämtliche nichtfranzösische Juden zur Deportation freigibt. Damit schwebt Wolfenstein in unmittelbarer Lebensgefahr und verlässt sein Gartenhaus nur noch nachts. Bislang unterhaltene Kontakte wie etwa zu Hermann Hesse in der Schweiz sind nun unmöglich geworden, und nachdem Andrée Weil deportiert wurde, ist Wolfenstein ganz auf sich allein gestellt. Er habe sich »in Bauernhöfen und in Ställen« verborgen, berichtet Hans Sahl, doch sind seine Angaben ungenau.[43] Auch Kantorowicz weiß nur vom Hörensagen, dass Wolfenstein ein zweites Mal inhaftiert gewesen sein soll.[44] Doch Genaueres hierzu ist nicht bekannt.

Wann Wolfenstein das Gartenhaus endgültig aufgibt und Nizza verlässt, ist unklar. Seine Odyssee führt ihn durch ganz Frankreich bis nach Paris, das er im Februar, also noch vor der Befreiung durch die Alliierten am 24. August 1944, erreicht. Hier lebt er in einem Hotel in der Rue Crébillon unter dem Namen Albert Wörlin. Für einige Wochen steht er in engem Kontakt zu Thea Sternheim, der geschiedenen Gattin des Schriftstellers Carl Sternheim, die er noch aus beider Zeit in München kennt und in Paris am 16. September überraschend aufsucht.[45] Sternheim ist zunächst reserviert ob des unerwarteten Besuchs: »Ich habe von dem grossen gealterten Mann mit dem Tick bei der Atemführung und

43 Sahl: Das Exil im Exil, S. 62.

44 Brief von Kantorowicz vom 1.5.1947.

45 Die folgenden Angaben sind einer Abschrift von Tagebuchaufzeichnungen der Thea Sternheim entnommen. Privatarchiv Paul Raabe.

den auffallend schönen Händen weder den Eindruck, dass er besonders scharf denkt noch besonders vorausschauend ist«, schreibt sie. Dennoch beeindruckt Wolfenstein sie zunehmend. »Dieser deutsche Jude ist trotz der über ihn hingegangenen Schicksalsschläge menschlich und wohlwollend geblieben, fühle ich mit Rührung«, heißt es noch am 16. September. Vier Tage später besucht Wolfenstein Sternheim erneut, tritt aber völlig nervös auf. »Der arme Mann ist entweder gemütskrank oder drogiert«, notiert die Gastgeberin etwas pikiert. Bald aber bemerkt sie an Wolfenstein dessen fortgeschrittene Depression, seine Herzbeschwerden und vor allem das Maß der Einsamkeit, unter der er leidet. »Er vermöge nicht mehr alleine zu leben, klagt er. Er ertrage den Abend nicht mehr. Die abgedunkelten Strassen brächten ihn ausser sich. [...] Erst in Paris sei es so schlimm mit ihm geworden, klagt er. ›Es ist, als ob ich erst jetzt alles zu realisieren begänne. Ich weiss nicht mehr, was der Sinn unseres Lebens ist ...‹«

Auffällig wird auch Wolfensteins schlechte wirtschaftliche Lage. Bezeichnenderweise erscheint er meist zu Mahlzeiten bei Thea Sternheim, oft in heruntergekommener Kleidung. Am 6. Oktober etwa fallen ihr seine äußerst zerschlissenen Schuhe auf. »Ich muss also annehmen, dass der Mann nicht nur krank und verlassen, aber auch arm ist«, heißt es in Sternheims Unterlagen.

Während des Oktobers kommt es noch zu mehreren Treffen zwischen Wolfenstein und Sternheim, bei denen er »von Mal zu Mal kränker« erscheint, bis seine Besuche plötzlich ausbleiben. Ende November erkundigt sich Sternheim im Hotel Crébillon nach Wolfenstein, doch trifft sie ihn nicht an. Am 18. Dezember schließlich besucht sie ihn im Hospital

Rothschild, wo er aufgrund von Herzstörungen eingeliefert worden ist. Sternheim findet hier einen völlig veränderten Wolfenstein wieder: »Einen Augenblick entsetzte ich mich über sein Aussehen«, bekennt sie. »Er ist vom Fleisch gefallen, um Jahre gealtert. Seine Haare sind weiss geworden.«

Am 24. Januar erfährt sie von einem anonymen Anrufer, dass Wolfenstein inzwischen verstorben ist. Das Ende einer seltsamen Bekanntschaft. Das Ende eines dramatischen Lebens.

* * *

»Wollen Sie die Wahrheit wissen, die vielleicht nichts zur Sache tut und die ich vielleicht verschweigen sollte, solidarisch mit dem Rothschild-Krankenhaus, Paris, wo er mit aller Sorgfalt gepflegt worden war?«, schreibt Sophie Wolfenstein-Loew über die letzten Tage ihres Bruders. »Er war wegen starker Herzschwäche dort aufgenommen und die Ärzte zeigten sich sehr zufrieden mit der Besserung, stellten völlige Gesundung in Aussicht – und waren bestürzt über den Ausgang und dessen Möglichkeit –, die nicht geklärt wurde. Eine Freundin schrieb mir, daß er Indenal genommen, gewaltsam geweckt wurde und am nächsten Tag die Dosis vergrößerte, bewußtlos läge. Ich machte mich mit einem Urlaubsschein für Toulouse als einzigem Papier auf den Weg (wir waren noch immer nicht ›liberiert‹), aber dort erreichte mich am nächsten Tag das Telegramm: er sei ›fraisiblement endormi‹.«[46]

46 Brief von Sofie Loew-Wolfenstein an den Rat der Landeshauptstadt Halle.

Zuletzt hatte Wolfenstein nicht mehr die Kraft gefunden, seine Hoffnungen auf eine humanere Welt weiterzuleben. Er wurde auf dem Cimetière Parisien de Pantin beigesetzt, dem größten Friedhof der Stadt.

***

Nicht jedem großen Mann ist ein Nachleben beschieden. Andere wiederum, die zu Lebzeiten eher kleine Lichter gewesen sind, erstrahlen aus irgendeinem Zufall und nicht immer gerechtfertigt in postumem Glanz. Die (Literatur-) Geschichte ist da sehr willkürlich.

Alfred Wolfensteins Werk wurde bislang nicht sonderlich beachtet, es fiel dem Vergessen anheim. Optimisten könnten nun anführen, dass doch inzwischen eine vollständige Werkausgabe und zwei Einführungen erschienen sind und dass das doch wohl mehr ist, als manch anderem Schriftsteller zugutekommt. Ich schließe mich aber lieber den Pessimisten an, die all die großen Lücken in der Aufarbeitung von Wolfensteins Werk erkennen: Es fehlt noch immer eine ausführliche Biografie, eine zeitgemäße Werkanalyse und eine Zusammenstellung sämtlicher Briefe ... Nicht einmal Wolfensteins Korrespondenz mit Hesse oder Thomas Mann wurde bisher veröffentlicht, geschweige denn sein Briefverkehr mit weniger großen Namen ... Was dem Werk von Alfred Wolfenstein aber am meisten fehlt, ist eine Leserschaft. Es nutzt nichts, wenn die Literaturwissenschaft nur für sich forscht und publiziert – gelesen werden will ein Autor! Möge das vorliegende Lesebuch diesem Zweck dienlich sein!

I

»Musik nicht will ich machen«

Frühe Gedichte

Die gottlosen Jahre

Musik nicht will ich machen sondern schreiten
Und zeigen meine Schritte.
Musik nicht gibt das hart geballte Reiten
Der Heere von Seelen, die streiten
Um meine Mitte.

Und ist kein Boden mehr, kein Traum zu schreiten,
So sollt ihr noch mein Stehn verspüren!
Ich laß wie ein Gebirge mich nicht gleiten,
So gut befreundet immer noch mit Möglichkeiten,
– Kein Schicksal soll mir meine Stirn entführen.

Am scharfen Rande ausgesogner Weiten,
Auf nichts als meinen zitternd spitzen Zehen,
Erwachsen, sehend nur mein Sehen,
Entstürzt dem ersten Garten und mit keiner zweiten
Musik als meinem Warten – : spürt mich stehen.

Im Zimmer

Dieser schwarzen Wanduhr rechnerisches
Ticken . . dieses Haun mit spitzen Beilen
. . Blutlos Atmen wie des kalten Fisches
. . Dieses unmenschlich unmüde Eilen . .

Hör es nicht! Das soll dir nicht zerteilen
Deiner Freude zeitenloses frisches
In den Himmeln um die Erde Weilen,
Unzerteilbar fließenden Gemisches!

– Da – der giftig langen schwarzen Uhr
Hauen – hakend zäher Räder Tour
– Findet wieder meine leichte Spur –

Und es rötet wie von einem Schuß
Sich mein wellenvoller reiner Fluß
Und die Zeit reißt mich hinweg zum Schluß.

Veränderung

Er kam von seinen Freunden, . . ihren Worten . .
Das schwärmte nicht mehr, war so krumm und klein,
Und trat in jeder Wunde weiche Pforten
Mit sauren Blicken siegreich ein.

Und trat und sah sonst nirgends hin, besiegte
Nur Löcher, sah die Form nicht des Gesichts,
Sah Löcher nur, in die man spie und piekte,
Die volle Hand, der gute Gang war denen nichts.

O . . Kinder . . denkt er . . wohin wuchset ihr . . aus Spielen,
Da Leib den Leib, nicht Stirn nur Stirn empfand,
Die Worte irgendwie rund aneinander fielen
Wie großer Himmel an gleichgroßes Land . . ?

Und selber er . . verlautet nicht in seinen Gliedern
Und in der Worte und der Gesten Spur,
Als wär auch sein so ähnliches Erwidern
Nicht Abwehr, Not . . sondern auch ihm bereits Natur?

Spät im Jahr

Alter Tag, der wie ein Frühling tut!
In die Luft verkriechen sich die leeren
Zweige, Vögel bieten ihr Entbehren,
Unfrei kurz verweilt die Sonne hier –

Dennoch zeigt sie eine leichte Glut,
Einen Duft von Zuversichtlichkeiten,
So als sei ihr Haupt im Höherschreiten,
So als wüchsen Ruhm und Jugend ihr –

Doch die Zeit, die alles überruht,
Lächelt böse durch das süße Lächeln,
Durch das schief dem Tag geschminkte Lächeln
Schreit es auf die irre Erde: Frier!

Jetzt

Wie erscheinen jetzt oft solche Stunden,
Da ich keines anderen Gesicht
Zu sehen ertrüge . .

So lange hat sich keiner gefunden,
Mengte ich mich auch dicht
In alle Schwärme, alle Kreise, alle Züge . .

Auch mein eignes Gesicht ist mir oft entwunden,
Will mich nicht,
Hält mich . . und sich für lieblose Lüge . .

Knabennacht

Ich will aus diesen feindlichen Zimmern fort,
Darinnen auch die häßlichsten Bilder nicht
So alt, so roh, so leer mich ansehn
Wie meiner Eltern verzankte Augen.

Der Straße zu! die streichelnde Laute sang
Durchs Fenster, wenn mich innen Gewalt bespie,
Der Bahn Geklingel, Baß der Autos
Kamen und rennender Jungens Pfiffe!

. . Nun wird es schon beruhigend fern und fremd,
Mit neuen Lichtern, Schildern Cafés geschmückt,
Und ihr . . ach feenhaft erscheinen
Mädchengesichter mit nahem Gange.

. . Du sprichst so leicht, gewaltlos, verwandt zu mir,
In dein Haus will ich, willst du es, gern mitgehn,
Du bist mit mir zugleich geboren,
Dennoch so seltsam beglückend ältre!

. . Und dieses Zimmers hauchender roter Mund,
Das Bett, dein Arm, dein Busen . . zu drückend noch!
In dich hinab! . . vom sonngequälten
Gipfel verrinnen wie bleichste Schneee . .

Zu schwarzen Tiefen, Seiten der Blindheit hin,
Erloschnen Tränen, liebloser Freude zu,
Wo Blitze weich und nichtig zucken . .
– Ach . . wieder aus? . . wieder anziehn . . gehen . .

Die Türen sind schon offen . . Die Straße grell
Schlägt lautlos mir ins frierende Angesicht
Und jagt mich wieder fort . . nach Hause . .
Ach und inzwischen zu sterben hofft ich . .

Immer wieder

Immer wieder das Entkleiden
Bei des Gases weißem Frieren,
Dieses sich entblößt Erleiden,
Fliehend durch das Zimmer Stieren . .

Nah mit reichlicher Geberde
Nächte wie die Tage heben
Sich vorbei . . Ich weiß die Erde
Doch ich kann sie nicht mehr leben . .

Wie ein Haus, dem nur die Wände
Noch nicht niederbrannten, schwelen
Meiner Haut gequälte Rände
Zwischen Nacht und öder Seele . .

Meines Schlafs muß ich mich schämen
. . Flieg zu Häuptern gut Geborner!
Statt der Träume wünsche Tränen
Ich Entblößter . . ich Erfrorner . .

Kämen meine Kindertränen,
Mich wie damals zu umschleiern . .
Doch mit hartem hohlem Gähnen
Lieg ich auf dem Bette bleiern . .

Städter

Dicht wie Löcher eines Siebes stehn
Fenster beieinander, drängend fassen
Häuser sich so dicht an, daß die Straßen
Grau geschwollen wie Gewürgte sehn.

Ineinander dicht hineingehakt
Sitzen in den Trams die zwei Fassaden
Leute, ihre nahen Blicke baden
Ineinander, ohne Scheu befragt.

Unsre Wände sind so dünn wie Haut,
Daß ein jeder teilnimmt, wenn ich weine.
Unser Flüstern, Denken . . wird Gegröhle . .

– Und wie still in dick verschloßner Höhle
Ganz unangerührt und ungeschaut
Steht ein jeder fern und fühlt: alleine.

Unten

Treppen steigen lang in mich hinein,
Wenig Stufen fangen an, die grau
Schimmern und verdämmern, wie ein Schein
Auch die schwer entlegnen Keller
Durch das dicke Glas berührt, noch etwas lau.

Aber Stufen sinken abwärts wo es friert.
Rasch und zwingend abwärts, wo ein Mond
Leer von Sternen gelb und hohl stiert
In der Trübheit halben Untergangs
. . Wo die Lichtscheu einer Seele wohnt . .

Und der kleine Schein vom draußen steigt
Eilend höher . . Lieber will sein Duft
Jedem zu, der sein Gesicht recht offen zeigt
. . Tastend, wo die letzte Stufe modert,
Lieg ich wie ein Tier in meines Seufzens Luft.

Leidendes Wohnen

Dieses Kriechen im trüben Tunnel der Straße . .
Bleiche Fenster schielen an mir vorbei,
Oben des kleinen Himmels Einerlei
Wirft in die Scheiben ein schiefes Lachen.

Trocken kreischt die hündisch liegende Straße,
Die mein Fuß in Unruh und Haß gebraucht,
Niedre Luft, von Stadtgerüchen durchraucht,
Speit auf meine Stirn aus pfeifenden Rachen.

Gähnend endet die Straße –
Und die klebenden Lippen atmen ins Freie hinaus,
Wo sich hell der Tiefe Grün und goldene Hoheit umfängt
– Doch ich werde mich wenden – – dumpf gedrängt . .
– In der Gewalt der Häuser bin ich zu Haus.

Hinterm Fenster

Vor mir zwar steht ein Haus steil
– Unten keine Straße, Luft nicht oben
– Steine, die um schwache Gläser aufwärts toben,
Rechts kein Ende, Wand, links nur Wand –

Grau im vollen Fenster ausgespannt,
Wie ein Schild an meinen Blick gehoben,
Blind mir gegens weiche Haupt geschoben,
Ja ins Zimmer dringend, zu zerdrücken geil – :

Dieses Haus. – Jedoch um Zentimeter bloß
Neigend die gehemmte Stirn – und frei vom Stoß
Schau und atme ich erlöst den Fluß der Straße hin,

Die vom Park unendlich ausgedehnt wird
Und vom leichten Himmel, winddurchsirrt,
Und mir zuhaucht, wie ich nicht gefangen bin.

Erste Nacht

Und dann ihr blindes Pupillenfunkeln fühlend,
Im Schlamme versiegter Flut sich sühlend,
Entjungt! verstoßen! verloren auf immer
. . Wie kam in sein Begräbnis doch ein Schimmer?

Es war als fände er im neuen Nichts
Erinnrung seiner süßen Mutter wieder,
In der vor dieser Qual des schwarzen Lichts
So einig lagen seine Seel und Glieder.

An eine oder alle

Erhebend ist es, zu gehn . . :
Aber gegangen zu werden . .?
Man sollte den Füßen nicht stehn
Als Weg, mit gestreckten Geberden . . :
Man sollte . . o Frau . . es hassen,
Mehr als zu lieben sich lieben zu lassen . . .

Zwischen den Lieben

Er kam von seiner Mutter, die ihn küßte
Und ihm die Hände drückte, als er ging;
Sein Mund will zitternd hin auf nackte Brüste,
In seinen Händen zuckt ein Wink.

Nachher . . die letzte Tür zur Straße klinkend . .
Was nun? Wohin? . . denn die Betäubung ist vorbei –
Er blickt sich um, in Leere fast ertrinkend.
Zum Park? ins helle Café? O so einerlei . .

Und wie durch eine leere Fensterscheibe
Kahl und gespenstisch bleich ist alles anzusehn.
Ihm ist als sei ihm gar nichts von dem Weibe
Doch auch von seiner Mutter nie etwas geschehn.

Der Jude

Steil hält sich ein Gymnasium,
Die Schüler auch gehn gar nicht krumm,
Sie gehn ja frei nach Hause,
Schnell Arm in Arm, und sonst vereint
Durch Schrei'n und Hau'n, noch wärmer scheint
Das Licht als in der Pause.

Der stumm, auffallend abseits schlurft,
Ist blaß, mit schwarzem Haar, gefurcht
Die Stirn im schiefen Hütchen,
Er horcht zerdrückt und schielend hin,
Er hört im Lachen dort den Sinn –
Den Ruf – das Spucken – : Jüdchen!

Es ist ein Laut im süßen ü,
Mit eklem, falschem, wüstem ü,
Sie singen es gleich Tieren –
– Oh, wollte irgend hintenrum
Noch eine Straße leer und stumm
Für ihn alleine führen!

Er läuft – und fühlt sich angefaßt –
Und dichter ins Gesicht gehaßt
Und zuckt und denkt: – Mich wehren – ?
– Er ballt die Hand – sie bebt – behext
Von Nerv – zerfällt – – nur innen wächst
Der Zorn von großen Heeren.

II

»Einen ganzen Waldgeruch habe ich hier«

Erzählungen

Der Baum vor dem Hause

Das Haus stand am Rande der Stadt, von den anderen ein wenig getrennt, und die vier Parteien, die es bewohnten, lebten in paradiesischem Frieden. Es gehörte keinem von ihnen; sie kannten den Eigentümer nicht, der irgendwo in der Ferne weilte; aber sie verwalteten und betreuten es wie ihre eigene Villa, innerhalb deren es keine trennenden Grenzen gab. Niemals wurden die Türen der Wohnungen abgeschlossen, niemals wurden sie auch nur zu laut zugemacht. Man bildete eine einzige Familie und hielt das Haus wie ein gemeinsames Kind. Keine fremde Aufwartefrau wurde zugelassen; eine innere heilige Ordnung sorgte dafür, daß die unterste Treppenstufe ebenso schön wie die oberste aussah. Die Damen kümmerten sich um die Sauberkeit, die Herren um die Reparaturen und um alles, was Kraft erforderte.

An einem Sonntagnachmittag saßen sie im ersten Stock bei Herrn und Frau Eisenbahnassistent Schmidt um den Kaffeetisch. Fräulein Lissy, die Stenotypistin von nebenan, und Frau Privatiere Langerhans aus dem Erdgeschoß hatten nur wenige Stücke vom Kuchen übrig gelassen, die zuletzt von der gemütlichen Wirtin aufgegessen wurden. Ihr Mann rauchte die Pfeife, mit so kurzen starken Stößen, als sei er eine seiner Lokomotiven, während Herr Kinokassierer Schulter sanfte Ringe einer Kette von Zigaretten aus dem gerundeten Munde blies.

Man plauderte von den wachsenden Schwierigkeiten und Zwistigkeiten dieser Zeit, aber so ruhig, wie die Südseeinsulaner von einem fernen Kriege in Europa. Die häusliche Zuflucht, die Geborgenheit, die ihnen stets hinter dem Rücken des rohen Lebens wirkte, war die Ursache einer solchen fast engelhaft zu nennenden Verträglichkeit. Es war auch kein Zweifel daran erlaubt, daß sie sich draußen genau ebenso verhielten. Zwar kannten sie einander nur aus dem Umgang im Hause; aber wäre der Herr Assistent von ihnen im Berufe beobachtet worden, so hätten sie gewiß einen Beamten von freundlichstem Charakter gefunden, der Kinokassierer und die Stenotypistin hätten sich auch bei ihrer Arbeit als seelenvollste Menschen erwiesen, und die Privatiere blieb wohl immer geduldig, auch wenn sie sich wegen ihrer monatlichen Rente mehrmals zur Bank bemühen mußte.

Immer an solchen Sonntagen gelangte die Unterhaltung zu einem Punkte, der ihre Harmonie irgendwie mit unmittelbarster Lebensnähe ausdrückte. So sagte jetzt die Wirtin: »Wir müssen unsere Villa bald neu verputzen und anstreichen lassen, vielleicht in Blau.« »Ob nicht Rot noch schöner wäre, die Modefarbe in der Kleidung? Der Anstrich ist das Kleid des Hauses«, meinte Fräulein Lissy. »Das wäre mir genau so recht«, antwortete die erste. »Aber Blau wäre auch schön«, opferte sich sofort die zweite. Und alle lachten, als der Kinokassierer blaue und rote Streifen vorschlug.

Während sie vor sich hinträumten, sagte Frau Privatiere Langerhans plötzlich: »Wenn nur der Baum nicht wäre.« »Wieso?« fragte jemand. »Der Baum vor unserm Hause. Er macht mein Zimmer so dunkel.«

Nach einem kurzen Schweigen, während dessen der Kassierer mit gerunzelter Stirn herumsah, erwiderte Fräulein Lissy: »Aber die Vögel singen doch so schön in den Zweigen! Frau Langerhans, müßten Sie den ganzen Tag das Maschinengeklapper hören, dann würden Sie sich auch auf das süße Zwitschern und Zirpen freuen!« »Ich bin nicht musikalisch«, versetzte die Privatiere etwas beleidigt. »Sie sollten auch an meine Sehkraft denken, die ich mir durch den finsteren Baum vollständig verderbe.« Der Kassierer strich ein Zündholz mit buntem Kopf an der Schuhsohle an: »Ihr Augenlicht in Ehren, aber die Lunge will auch ihre Rechte. Stundenlang sitze ich in der schlechten Luft meines Kassenkäfigs, vor mir ein Gedränge von Gesichtern, die mir ihren verschiedenen Atem durch das Schalterloch hereinpusten. Der Duft unserer alten Ulme, das ist noch etwas anderes als unsere wohlriechenden Spritzen im Kino. Einen ganzen Waldgeruch habe ich hier, wenn ich mich einfach aus dem Fenster lehne.«

Frau Langerhans wies eine Orange zurück, die ihr die Wirtin in diesem Augenblick anbot. Der Eisenbahnassistent kam ihr zu Hilfe, in der geziemenden Form des Gastgebers für alle, jedoch mit mächtigem Nachdruck: »Auch ich möchte tatsächlich mit meinen Bedenken gegen den Baum nicht länger zurückhalten. Eine Ulme oder Rüster ist immer eine dunkle Sache, die Blätter sitzen dicht, und hier erstrecken sich die Hauptäste nahe ans Haus.« »Jawohl, in der Nacht denke ich manchmal, es stiere ein Einbrecher zu mir herein.« »Ich verstehe Sie, Frau Langenhans«, sagte Fräulein Lissy, »aber die Vögel sind doch ein Ohrenschmaus!« »Mich stören sie«, fuhr der Assistent fort, »und vor allem dies dauernde Brausen und Sausen in dem Baum. Nach dem Zischen meiner Lokomotiven, den Signalen, dem Bimmeln, Morseticken, Räderrollen im Dienst will ich hier nichts mehr rauschen hören.« »Und wie können Sie als Stenotypistin so sentimental sein«, fügte die Privatiere hinzu. Aber der Kinokassierer erhob sich: »Fräulein Lissy ist eine Idealistin und hat Sinn für den Wohllaut der Natur.« Leider schien diese Bemerkung und Haltung des Herrn Schulter zu einer Antwort der

Mannhaftigkeit herauszufordern. Herr Eisenbahnassistent Schmidt stand gleichfalls auf und fragte: »Erachten Sie uns etwa für Materialisten?« Herr Schulter sagte: »Ich kenne Sie vielleicht nicht genug.«

Ein Riß ging durch den Raum. Alle waren aufgestanden, sie sprachen wirr durcheinander, und die Stimmen schwollen unaufhaltsam an, bis zu einem nicht für möglich gehaltenen Wutschrei des Eisenbahnassistenten, der auf den Tisch hieb: »Meine Ruhe will ich haben, wenn ich heimkomme! Der Baum muß weg!« Das Gesicht des Kassierers wurde ernst und bleich wie das eines Filmhelden in Großaufnahme, er sagte tönend: »Der Baum bleibt. Ich schütze ihn.«

Sogleich brach er auf, und die Stenotypistin ging mit ihm hinunter, da sie die Einsamkeit ihres nebenan gelegenen Zimmers fürchtete. In seinem Erdgeschoß angelangt schritt er mit gekreuzten Armen hin und her, Während sie durchs Fenster in die üppigen Zweige blickte, in denen die Drossel flötete. Aber durch die Decke drang ein fürchterliches Stampfen und Schimpfen herab. Sie sahen sich an. Was war das für ein Unheil, das mit einem Male über ihr glückliches Haus gekommen war? Das Mädchen brach in Tränen aus, so daß Herr Schulter ihr beruhigend über das Haar streichen mußte. Von oben hörten sie das Kreischen der Frau Schmidt, die sich zuvor als Wirtin heimtückisch zurückgehalten hatte: »Der Baum muß weg!« Es klang Herrn Schulter, als meinte sie ihn selbst, den Gegner ihres Mannes. Er bestand darauf, sich zu zeigen und vor das Haus zu gehen. Da der Mond jetzt durch die stillen Zweige leuchtete, willigte das Mädchen ein. Sie setzten sich auf die Bank unter dem Baum. Er legte den Arm um ihren Nacken, und so blickten sie manchmal zärtlich zu dem gestirnten Himmel, manchmal trotzig zu dem erhellten Fenster hinauf, hinter dessen Gardine mehrere starre Augenpaare standen, wie Bajonette eines Heeres.

Als habe das Böse nur auf diesen seinen Tag gewartet, verwandelte sich das Leben in dem Hause von nun an in eine Hölle. Es begann damit, daß Milch und Brot für die anderen fehlte; daß nicht aufgeräumt wurde; daß der Schmutz an allen möglichen Stellen liegen blieb. Denn bisher hatte man wechselweise für einander gesorgt. Das Haus verkam, von den Treppenläufern bis zu den Mülltonnen, vom Gartenzaun bis zu den Bodenräumen. Scherben und Fetzen lagen herum, Rost und Ungeziefer mehrte sich, da keiner das Geringste für den anderen tun wollte. Sie förderten sogar den Zerfall, sie beschädigten Sachen und erstatteten bei der Polizei Anzeige gegen »Unbekannt, im Hause«. Briefe verschwanden aus den Kästen, Frühstücksbeutel wurden mit stinkenden Flüssigkeiten übergossen, die auf dem Hofe hängende blütenweiße Wäsche der Stenotypistin mit gelber Farbe beschmiert. Auch unter sich waren die Parteien nicht mehr glücklich, der Assistent trank, der Kassierer glitt am Rande der Nikotinvergiftung hin. Frau Langerhans ging aus Abscheu gegen ihn und ihrer Augen wegen in keinen Film mehr. Als Herr Schmidt im Erdgeschoß Mauerfäule entdeckte, sagte er niemandem davon ein Wort; er war an diesem Tage besonders verdrossen, da seine Angetrunkenheit beinahe einen Eisenbahnzusammenstoß verschuldet hatte. Die Frauen bekamen so fahle und böse Gesichter, daß in den Läden ein Schweigen entstand, wenn jemand aus dem Hause einkaufte.

Dieses Zusammensein unter einem Dache war nicht lange zu ertragen. Sie wußten kaum noch, wie sie bei Begegnungen auf der Treppe, im Flur, in der Tür aneinander vorbeikommen sollten, ohne ihren Haß in einem Schlag, in einem Stoß zu entladen. Vielleicht redeten sie sich noch ein, sie meinten den Baum, während sie schon längst die Menschen meinten. Immerhin bot sich der Baum zunächst schutzloser dar. Die Privatiere ging mit dem ersten Anschlag gegen ihn voran. Es gelang ihr, dem Stamm eine Flüssigkeit einzuspritzen, Gift aus den Exkrementen von Pflanzenschädlingen, woran er rasch eingehen sollte. Sie mußte die Angaben des botanischen Buches nicht richtig verstanden haben, denn die Ulme veränderte sich nicht, und in ihrem Laub jubelten die Vögel über den Winkel hinweg, in dem die Frau saß, um die Wirkung ihrer Tat zu beobachten. Inzwischen hatte der Eisenbahnassistent eine große Säge gekauft, da die im Hause gehaltene verschwunden war. Er wartete auf eine lichtlose Nacht, und als ein Gewitter heranzog, dessen Donner jedes sägende Geräusch übertönen mußte, schlich er zu dem Baum hinaus. Aber ein furchtbares Bellen übertönte den Donner, mit fletschendem Gebiß stellte sich ihm eine Dogge entgegen, an den Baum gekettet. Zähneknirschend stand Schmidt in der Länge der Kette dem Tier gegenüber, und als er sich endlich zum Gehen wandte, fühlte er im Hause das höhnische Gesicht Schulters seinen Rückzug belauernd. Frau Schmidt empfing ihn oben in etwas verächtlicher Erregung, zumal da sie soeben festgestellt hatte, daß die Stenotypistin, völlig verwildert, dem ganzen Vorgang wie einem Film vom Bett des Kassierers aus beigewohnt hatte. Von der Privatiere angestachelt, deren Augenlicht nach ihren Wahrnehmungen täglich abnahm, ließ sich Schmidt nun zu dem letzten bösen Plan bestimmen.

In der nächsten Nacht erwachte die Gegend von dem rasenden Heulen des Hundes. Der Baum brannte. Feuerwehrwagen sausten in Minuten heran. Aber die Flammen hatten

inzwischen an einem ins Fenster ragenden Ast entlang die wehenden Gardinen und die Möbel des Zimmers ergriffen. Kaum bekleidet hatten sich Schulter und Lissy gerettet. Draußen liefen sie, während die knatternde Glut sich über das ganze Haus ausdehnte, zu der andern Gruppe hinüber, Herrn und Frau Schmidt und Frau Langenhans, die jetzt gleichfalls fassungslos in den feurigen Untergang starrten. Eine entsetzliche Schlägerei hob auf der Wiese an. Die beiden Herren hieben wie die Teufel aufeinander los, die Frauen schrien und stießen in wahnsinniger Wut um sich, so daß auch die Privatiere von der Hand ihrer Eisenbahnassistentin einen tiefen Riß über die Wange erhielt. Sie bluteten und taumelten schon alle durcheinander, als ein Feuerwehrmann die tobenden Leute mit einem Wasserstrahl überschüttete. Unter Beschimpfungen und Verwünschungen stoben sie davon und verschwanden.
Das Haus brannte nieder. An der Ulme war das Feuer schon während der Schlacht auf der Wiese erloschen. Nur ihre dem Hause zugewandte Seite war mit Petroleum übergossen worden, auf der anderen besiegten ihre frischen Säfte die Flammen. In herrlicher Größe, unwandelbaren Charakters, stand der Baum. Die reinen Blätter leuchteten, sie rauschten wie tiefe Musik, die Vögel sangen auf den tanzenden Zweigen. Unbefangen wie ein Gott stand sie hoch aufgerichtet über der Brandstätte der Menschen.

Die Schuld

An seinem siebzehnten Geburtstage ging Georg gedankenvoll durch die Straßen seiner kleinen Stadt zu dem herbstlich

angeschwollenen Flusse. Seine dunklen Augen funkelten unruhig wie die eines Eichhörnchens durch das verworrene Gestänge der hölzernen alten Brücke. Heute hätte er gern irgendein Abenteuer erlebt, ehe der Geburtstag vorüber war. Da sah er einen Balken in der abendlichen Dämmerung sich bewegen, – es war ein Mann, der langsam über das Geländer der Brücke stieg.
Er rannte hin und faßte ihn im letzten Augenblick. Der Mensch wehrte sich wütend und hängte sich weit über das Wasser hinaus. Der Anzug drohte zu zerreißen. Mit einem geschickten Jiu-Jitsu-Griff brachte der Junge den Selbstmörder endlich auf den Boden zurück.
Dort brüllte der Mann wie ein Tier. Georg streichelte ihn, ganz glücklich über seine Tat. Mit großer Anstrengung schleppte er ihn von der Brücke herunter, bis zur nächsten Polizeiwache. Er setzte ihn auf die Bank und erklärte, er habe ihn gerettet. Der Herr Kommissar möge nur gleich feststellen, wer es sei. Vielleicht könne er noch mehr für ihn tun, als sein Schutzengel.
Die Beamten, denen einige sonderbare Bewegungen des Mannes auffielen leuchteten ihm ins Gesicht. Sie stellten fest, es war ein Blinder.
Sie sahen den Jungen an und zuckten die Achseln. Eine Weile stand er da, aber man erwartete ihn zu Haus. Bei Tisch konnte er nicht essen, mit den Eltern konnte er nicht sprechen. Er konnte in der Nacht nicht schlafen.
Ihm war, als ob auf seine Schultern mit einem Male eine fruchtbar schwere Last gelegt worden sei. Gestern war er noch frei und unbeschwert, und heute liefen seine Gedanken entsetzt durcheinander, wie ein Ameisenhaufen, in den ein riesiger Ast hineingestürzt ist. In fieberhafter Betäubung

lag er da und zum ersten Male war ihm, als sei er nicht allein – aber er konnte es nicht erklären, wer bei ihm war und was er getan hatte. Wenn es schlecht gewesen war, so wollte er es wieder gut machen – es wieder ungeschehen machen, dachte er und stand auf.

Als er in die trübe beleuchtete Wachstube eintrat, lag der Blinde auf der Bank. Der Junge nickte dem Beamten zu: Er hat es hier nicht gut! Er hob ihn unter den Achselhöhlen auf und schleppte ihn leise hinaus. Zwischen totenstillen Häusern hörte er den Menschen flüstern: Ich wußte, daß du kommst, du kannst gar nicht mehr nach Hause gehen, du kannst nicht mehr zur Schule gehen, du mußt nun immer neben mir gehen ... Ja, ja, antwortete der Junge fieberhaft. Zu mir gehörst du, flüsterte der Mann, du bist nun mein Blindenführer geworden, du bist mein Blindenhund ... Ich weiß es, sagte der Junge. Wohin führst du mich? Schrie der Mann, ja, führen mußt du mich mein Leben lang, ich bin blind mein Leben lang ... Aber ich bin noch so jung, antwortete Georg.

Jetzt begann es nahe und immer näher zu rauschen und Georg sagte: Höre, der Fluß ist noch da, er ist wieder da, wir sind wieder auf der Brücke –

Er ließ ihn los. Der Mann stöhnte und kletterte langsam tastend auf das Geländer. Diesmal wandte er den Kopf nach Georg um – ob er noch zurückgerufen würde. Aber diesmal rührte sich nichts. Da ließ er sich hinabfallen.

Georg schlich durch die totenstillen Straßen nach Haus. Mitternacht war vorüber und der Geburtstag. Als er zitternd wieder im Bett lag, war ihm, als sei eine Kette von seinen Händen abgefallen und lege sich nun klirrend um sein Herz, und er weinte bis zum Morgen.

Die Frau

Trotz ihres sanften Namens empfand Irene in ihrer Ehe eine wachsende Unruhe, einen feindseligen Ärger. Aber es wurde ihr schwer, auszubrechen, denn Alwin war nicht nur dem Namen nach, sondern wirklich ein sanfter Mann. In solcher Lage wendet man desto wildere Mittel an, und so machte Irene ihren Mann mit einer Frau bekannt, in die er sich verlieben sollte, und zwar auf kurze Zeit. Denn sie hielt diese kleine Dame für viel zu lieblich und unbedeutend, um ihrem an heftigere Reize gewöhnten Gatten länger als ein halbes Jahr zu gefallen. Für diese Zeit ging sie davon, nach den Süden.

Die Freiheit gefiel ihr nicht so gut, wie sie erwartet hatte. Die Männer, die sie kennen lernte, zauberten ihr zur eigenen Verwunderung nur jenen Alwin vor Augen, den sie bisher als bloßen Gefangenenwärter betrachtet hatte. Je schöner der Himmel über dem schönen Meere erglänzte, desto heller und heiterer wurde das Bild des fernen Gatten. Sie erkannte, wie viel sie noch verband, und die ersehnten Abwechslungen berührte sie fremd.

Sie fuhr nach Hause zurück. Leider fand sie das Paar dort in bestem Einvernehmen zusammen. Daß sie zunächst im Hotel wohnen mußte, darauf war sie gefaßt gewesen; aber sie hatte doch nicht erwartet, daß sie sich nun so ungeduldig ins Gefängnis, ins eheliche Heim zurückwünschte. Mit ihrem Plan war sie im reinen; ihre Aktion mußte eine Variation der ersten sein. Es dauerte auch nicht lange, so war der hübsche junge Mann gefunden, der ihr als Sturmbock zu dienen hatte. Sie machte ihn unauffällig mit ihrer Nebenbuhlerin bekannt: die Absicht gelang; die beiden verliebten

sich ineinander. Eines Tages war der Weg frei: Die Dame hatte mit dem neuen Freund das Haus verlassen.
Aber als Irene dort mit fröhlichem Herzen wieder eintrat, war Alwin nicht mehr anwesend. Sie ging durch die schönen Zimmer, denn schön erschienen sie ihr jetzt. Auf dem Schreibtisch lag ein Brief ihres Mannes: Er könne auf ihre Rückkehr nicht eingehen, denn er liebe die Frau, die ihn jetzt verlassen habe, und so gebe er Irene endgültig frei, auch wenn er selbst nun allein sei.
Sie saß auf der hellen breiten Couch und überlegte zwischen manchen Tränen, wie sie ihrem Leben noch ein happy end geben könne. Sie war sicher, daß sie dies nach solchen verschlungenen Wegen nur im einfachen strengen Gewahrsam eines absoluten Tyrannen finden würde.

Ein Engel

Am Gefängnistor lehnte ein Mann und wartete. Er hatte ein ernstes Gesicht, eine unscheinbare schmale Gestalt, aber irgendetwas an ihm belustigte die Kinder, die rings um das Tor ihre Purzelbäume schlugen. Sie lachten schreiend und grinsten ihn noch von unten her an, wenn sie im Straßenstaub auf dem Kopf standen. Vielleicht lag es an dem gleichfalls sehr kindlichen Ausdruck seiner Augen oder seinen im Warten wohl etwas komisch verschränkten Beinen oder an der Hand, die bewußt in einen von der Mauer herabhängenden Stacheldraht faßte.
Nach einer Weile kam ein Mann mit einem kleinen Koffer und wollte an der Torglocke läuten. Zu seiner Verwunderung hielt der Herr seinen Arm fest, als habe er auf ihn

gewartet, und sprach ihn an: er heiße Michael Bolm und bäte ihn um seine Bekanntschaft. Der andere nannte sich Hubert, und während sie langsam und von den kreischenden Kindern verfolgt an der Mauer hingingen, fragte ihn Bolm, ob er sich vielleicht gerade zum Antritt einer Strafe stelle. Dies wurde ohne weiteres bejaht, wegen Diebstahls, ein Jahr Gefängnis, zwei Stunden habe er noch Zeit. Bolm schien sich darüber sehr zu freuen, hakte ihn ein und richtete an ihn die Frage, ob er die Strafe wohl übernehmen dürfe. Er sagte dies zwar mit funkelnden Augen, die so groß waren, wie wir uns die Augen von Helden vorstellen, seine Stimme aber war so besonnen und angenehm, daß Hubert ihn nicht für einen Wahnsinnigen halten mochte. Sie traten zur weiteren Erklärung in eine Kellerschenke, wo der Herr Bolm ein großes Glas Bier und für sich ein Gläschen Sodawasser kommen ließ. Hubert trank ihm zu und winkte und starrte ihn erwartungsvoll mit vorgeschobenem Munde an. Jedenfalls war es ihm lieb, daß die übrigen Gäste abwechselnd das Orchestrion laufen ließen oder am Spielautomaten herumklapperten, als der Herr zu reden begann.

Er sei selbst ein Dieb, sagte Michael Bolm. Nach diesem Bekenntnis hätte er am liebsten schon wieder zu reden aufgehört, es schien ihm zu genügen. Hubert dagegen lachte mißtrauisch. Nun, fuhr Bolm fort, wenn er in Schaufenstereinlagen oder in Wohnungen alle möglichen schönen Sachen um sich herum liegen sehe, seien ihm häufig ganz ähnliche Gedanken gekommen wie offenbar dem Hubert. Da sind alte herrliche Schmuckstücke oder frische Leckerbissen oder Kleider oder wunderbare Bücher und Bilder. Der Verkäufer wendet so leicht einmal den Rücken, und ich kann mir in göttlicher Ruhe vorstellen, daß die Goldfüllfeder, die feine

Uhr, die bunte Schleife mir gehöre. Im Gepäcknetz des leeren Bahnabteils wartet ein ganzer Koffer, was mag alles drin sein. Oder eine ganze schön eingerichtete Wohnung lockt mich, ein Museum mit den Schätzen der Welt, ein ganzer Blumengarten mit Springbrunnen.
Hubert nickte; dies war wohl die Kleptomanie. Jedenfalls durfte der Herr nach diesen Geständnissen schon nicht mehr wagen, ihn etwa zum Besten zu halten. Dem Stehlen eines Gartens stand er wieder argwöhnisch gegenüber und er verstand auch manches andere nicht mehr: Da man unendlich viel begehre, sagte Bolm, und nur so wenig davon ohne Diebstahl haben könne, sei man doch längst zum Diebe geworden, wenn man noch immer für einen anständigen, ja wahrhaft reinen Menschen gehalten werde. Hierbei hob er den Kopf, als spüre er, daß seine Worte dem Hubert wie eine Fieberphantasie erscheinen und seinen Vorschlag gefährden müßten. Er schloß mit der herzlichen Erklärung, daß er sich schon während mancher Gerichtsverhandlung gefragt habe: Warum Die und nicht ich? So fühlte er sich jetzt einmal dazu gedrängt, selbst eine Strafe auf sich zu nehmen. Ob dies wohl möglich sei?
Der Andere stand auf. Warum nicht, antwortete er auf jeden Fall. War er nicht im Vergleich zu diesen großen Sachen ein harmloses Menschenkind? Vielleicht hatte er kein so sanftes Gesicht wie der Herr Bolm; das seine war von der Stirn bis zum Kinn wie aus Kartoffelknollen zusammengesetzt, gleich den armseligen Leuten, die hier immer dichter an ihrem Tisch entlangstrichen. Aber Der hatte es hinter den Ohren, und solch ein Kerl lief noch frei herum. Hubert machte mit dem Kopf eine Bewegung nach der Tür hin, er ging in den Flur, und als Bolm freudig nachkam, tauschten sie ihre

Papiere. Dann schlug er seinen Retter schmunzelnd auf die Schulter, sagte zum Abschied, jetzt werde er sich das Stehlen lieber abgewöhnen, und sah dann aus einem Versteck, wie sein Stellvertreter tatsächlich mit dem Glockenschlag zwölf ins Gefängnis hineinwanderte.

Dort saß Michael ein Jahr lang täglich über Drahtgeflechten und machte kleine durchlässige Gefäße. Er aß die dünne Speise und trank das Wasser der Gefangenen und atmete eine halbe Stunde lang die steinerne Luft zwischen den Mauern. Aber der harte Schlaf, das böse Schweigen, die leere Arbeit waren ihm nicht Strafe genug. Sicher sahen die traurigen Gesichter seiner Schicksalsgenossen ihm ähnlich, obwohl er sich für heiterer hielt; aber so mäßig waren seine Gedanken und Leidenschaften nicht, er wußte um schlimmere Dinge.

Die Welt war ihm in der kurzen Zeit noch gar nicht fremd geworden, als er eines Tages im vergitterten Wagen durch die Straßen fuhr, um in ein anderes Gefängnis gebracht zu werden. Neben ihm saß ein großer und trotz der blassen Kerkerfarbe noch dicker Mann, der sofort erzählte, daß es bei ihm noch vier Jahre dauerte. Notzucht, sagte er; als er durch den Wald ging, wollte ein großes Mädchen allein an ihm vorbeispazieren, da geschah es. Ja, flüsterte Bolm, sie sind oft so schön, und auf Rotkäppchen wartet immer ein Wolf. Mit Märchen wollte der Mann nichts zu tun haben, und er schlug dem andern auf die Hand, als Bolm nach der Nummer an der gestreiften Jacke des schweren Verbrechers faßte. Aber als der Wagen schon weit draußen auf der Landstraße mit ihnen hinrollte, begann der Mann zu begreifen, daß hier eine Verschwörung im Gange sei: Er sollte seine Nummer umtauschen; dann käme er in die Zelle des anderen mit kürzerer Strafzeit und wäre bald frei, während seine eigne, dem Fremden wahrscheinlich genau bekannte Zelle von dessen geheimen Freunden zu einem Befreiungsversuch benutzt werden sollte. (So verstand er es wenigstens, in der Eile). Sie wechselten die Nummern, kurz ehe sie ankamen. Übrigens habe er von den Sachen, die er gemacht habe, genug, sagte der Verbrecher. Ich noch nicht, antwortete Bolm. In dem neuen, noch viel engeren Raum, der den Unzüchtigen aufnehmen sollte, ging eine größere Welle der Reinigung durch Michaels Sinne. Wie er schon längst kein Dieb mehr war und zugleich damit manches andere Gelüst seine Gedanken und seine Hände verlassen hatte, wandelte sich nun auch sein Herz. Aus einem fallenden schmutzigen Nebel hob sich sein Gefühl zu Freiheit und Klarheit empor, wenn er zwischen den nackten Wänden an Umarmungen, an Gesichter und Gestalten der Frauen dachte. Einstmals hatte er keine vorbeigehen lassen, ohne sie mit einem Blick oder wenigstens mit einem Gedanken zu berühren. Wo es auch sein mochte, mitten in gutbürgerlichen Gesprächen, dachte er an Liebe. In seinen Träumen waren sie ihm erst recht preisgegeben, auch die jüngsten. Ganze Heere von schöner Mädchen zogen an seinem Bett vorbei, er freute sich über ihre feinen Lippen, ihre leichten Beine, über die wunderbare Haltung schlanker Frauen, die in ihren Körpern die Seele des Menschen sichtbar machen. Aber wenn sie in seinen Luftkreis traten, wanden sie sich wie verletzt von giftigen Pfeilen, die aus den Winkeln seiner versteckten Leidenschaften schossen. Vielleicht irrte er sich, sie merkten vielleicht gar nichts, sie hielten ihn für einen guten Menschen, und diese harmlose Meinung mußte er auch noch auf sich nehmen. In dieser dumpfen Zelle atmete er nun zum ersten Mal seit seiner Knabenzeit auf, in großer Keuschheit.

Sie kamen auch im Traum nicht hierher, da die Härte der Strafe es nicht zuließ. Auch die Frauen konnten aufatmen. Aber noch nicht alle Menschen waren vor ihm sicher. Dies wurde ihm offenbar, je näher der Tag rückte, an dem der Sittlichkeitsverbrecher zu entlassen war. Mit Kummer, ja mit Entsetzen gestand sich Michael Bolm in der Stille vieler schlafloser Nächte: er hatte sich selbst eine noch viel größere Untat verheimlicht, obschon er sie ohne Zweifel jederzeit hätte begehen können. Zwischen jenen abziehenden Reihen der Begierden gingen, wenn auch vereinzelt, desto schlimmere, die gefährlichsten Gelüste des Innersten, Regungen auf Tod und Leben. Ist es nicht nur ein Zufall, flüsterte sein Gewissen, wenn er sich mit bedrückter Brust auf dem dunklen Lager aufrichtete, daß ich kein Mörder wurde wie Andere?

Am letzten Abend seiner Strafe trat der Aufseher und sogar der Oberaufseher bei ihm ein. Man drückte ihm eine gewisse Anerkennung für gute Führung aus, wie denn der Kerker für Sexualkriminelle eine besondere Heilsamkeit besitze. Aber da er vermutlich noch keine neue Unterkunft habe, schlage man ihm für diese Nacht einen Vertrauensposten vor, der ihm ein gutes Entlassungszeugnis eintragen würde. Bolm nahm seine Papiere entgegen, zog die ihm feierlich überreichten weltlichen Kleidungsstücke an, dann führte man ihn in eine ferne Zelle. Im Winkel unter dem Fensterloch saß ein blasser Mensch.

Michael setzte sich zu ihm. Er sollte den zum Tode Verurteilten überwachen, daß er in seiner letzten Nacht nicht Hand an sich legte. Nach den ersten freundlichen Worten hielt der arme Sünder ihn wohl für einen Geistlichen. Er verstehe ihn und seine Tat, sagte der Besucher; ihm selbst sei

es immer zu gut gegangen; seine Eltern seien liebe Menschen gewesen. Es war wunderlich, daß dieser Priester eher wie ein großer Sünder sprach, der seinerseits eine Beichte ablegen wolle. Wenn man jemals im Leben sein Wesen offen zeige, und das müßte doch irgendwann geschehen, dann sollte man nicht leugnen, daß ein jeder schon manchen Mord auf dem Gewissen habe. Hier und bei den nächsten Worten kam der Verurteilte zu der Überzeugung, daß es sich um einen Spion handle, der irgendwelche weiteren Geständnisse aus ihm herauszuholen suche. Gäbe es nicht Unmenschen genug und möchte man sie nicht auf der Stelle tot umfallen sehen? Sagte Bolm. Wenn man da draußen immer wieder die Bösen treffe, ob es nun grausame Ausbeuter seien oder andere rohe und doch kaum zu fassende Quäler, Personen, die als Richter, als Reiche, als Eltern, als Eheleute oder als Herrscher viele Seelen und Leben zerstört hätten: möchte man die Erde nicht sofort und gründlich von ihnen säubern? Der Verurteilte schwieg mißtrauisch. Warum aber zog der Herr jetzt seine Jacke aus, dann die Schuhe, auch die Hosen, und reichte ihm all die schönen Zivilkleider hin, mit Kragen und Schlips? Er erstarrte mit geballten Fäusten, bis der Spitzel schließlich den Ärmel seines Sträflingskittels anfaßte und ihn mit freundlicher Nötigung aus dem grauen Zeug herausholte. Da machte er mit, auf jeden Fall, und fuhr rasch in die feinen Sachen hinein.
Vor dem vergitterten Loch oben erhob sich wie ein graues Signal Dämmerung. Sie saßen einander gegenüber, Bolm wieder in der Kerkertracht, und sie lächelten beide, etwas verlegen. Auch sonst sahen sie sich ähnlich; aber der Mörder zitterte am ganzen Leibe. Er konnte auch nicht jedem Wort zustimmen, das sein unverhoffter Freund sprach: etwa, daß

es dort draußen oft noch schrecklicher sei als hier, wenn man am Frühstückstisch in der Zeitung davon lese, während die Menschen hier drinnen wirklich hingerichtet wurden. Ja, es sei auf die Dauer nicht mehr zu ertragen gewesen, daß sie wie Opfertiere für die anderen fielen, die armen für die reichen Sünder.

Der Verurteilte stand behutsam auf, im Gang nahten verdächtige Geräusche. Er schlich in die äußerste Ecke und hörte noch Bolm sagen: Er sei nun, durch die dunklen Regungen hindurch, dieser Stunde der Sühne entgegengegangen, denn auch den scheinbar Harmlosesten müsse wenigstens einmal die Strafe erreichen. Das Schloß kreischte, eine Reihe von Leuten zog übermäßig langsam in die Zelle ein. Der Verurteilte, wie diese Leute gekleidet, gesellte sich zu ihnen und betrachtete, murmelnd wie sie, den Delinquenten Bolm. Dieser sah ganz ruhig aus, und von den Leuten in die Mitte genommen, trat er hinaus in den fahlen Gang, und sein noch einmal aufschimmerndes Gesicht verschwand.

Der Verurteilte blieb zurück, halbtot vor Angst, daß der unbekannte Herr, der sich da zum Richtbeil drängte, doch noch umkehren und alles verraten könnte. Atemlos hörte er den Zug mit gemessenen Schritten die Treppen hinabsteigen, dann über den Sand des Hofes scharren, wieder murmelten Stimmen, plötzlich kam ein Klang dumpf und scharf, und Schweigen. Durch ein Flurfenster oben, wo der Mann hastig nach einem Weg zur Flucht suchte, wehte ein sanfter Wind herein. In der strahlenden Sonne, die in seinen blitzenden Blick ihre Funken warf, meinte er zwei freundliche braune Augen zu sehen, deren Leib die Schwelle soeben überschritten hatte. Die Papiere knisterten in der Jacke. Er ging endlich den gleichen Weg über die eisernen Treppen hinunter, doch am Fuße bog er ab, zum Gefängnistor, und es wurde ihm geöffnet.

Auf die Papiere hatte der Herr noch zwei bestimmte Wohnungen geschrieben und hatte ihn gebeten, dort möglichst bald einen Besuch zu machen. An einem der folgenden Abende saßen die drei Schächer beisammen und erzählten sich ihr Erlebnis. Sie erzählten es stockend und grinsend, sie schüttelten vor einander den Kopf, als wollten sie es nicht verstehen. Der Dieb, der inzwischen wohl allerhand Reden in Versammlungen angehört hatte, meinte: eigentlich müßte allen Menschen geholfen werden, und das habe der Herr nun noch nicht zustande gebracht. Auch der zweite war der Ansicht, alle anderen müßten mit dem Herrn sogar sehr unzufrieden sein, und der dritte wunderte sich nicht weniger, warum es gerade ihn getroffen habe. Der erste setzte hinzu, die Gesellschaft, sozusagen der Staat, müsse den Herrn überhaupt ablehnen, so wie einen gefährlichen Narren, aber die beiden anderen fanden, das sei nicht ihre Sache. Sie schwiegen eine Weile ganz still, bis einer scherzhaft bemerkte: ein Engel sei bei ihnen durch den Raum gegangen. Dann sagte der Sittlichkeitsverbrecher mit anerkennendem Nikken und geheimnisvoller Betonung, daß er sich jedenfalls einen solchen Dienst nicht umsonst erweisen lasse. Auch der Dieb äußerte sich in dem Sinne, sie würden den unbekannten Verstorbenen in Ehren halten, und dieser soll sich nicht vergeblich für sie bemüht haben. Sie erhoben sich rings um ihren Küchentisch, und hörten stehend noch die Bestellung an, die der Mörder ihnen wortgetreu überbrachte: Michael Bolm habe ihre Strafe übernommen, weil er hoffe, sie würden nun gute Menschen werden.

Die künstliche Liebe

Felix hatte sich in seinem Zeitpunkt seines Lebens verheiratet, in dem er der Frauen überdrüssig geworden war.
Er besaß Geld, er wollte nicht arbeiten, darum hatte er zur einen Hälfte sich mit Kunst, zur anderen mit Liebe beschäftigt. Hiervon ermatteten beide Hälften, ... die Gedanken verquollen in seinem von Nächten schwülstigen Kopfe, ... das dringende Dunkel der Zärtlichkeiten entfärbte sich nach jedem durchdachten Tage mehr. Von unlustigen Dämmerungen ward er ausgefüllt, ... entleert.
Er ahnte wohl, woran es lag. Die Sonne, die auf sein Buch schien, der Mond durchs Fenster auf das Bett, diese Lichter hatte er nie als brennenden, mit Willen und Aufopferung brennen wollende und steigende Gestalten bemerkt, sondern als Selbstverständlichkeiten. Leben war ihm ein Zustand. Und wie die Umwelt hielt er auch sich selbst für eine Selbstverständlichkeit. Er las, er sah und er liebte. Doch er vermehrte sich nicht und wünschte sich nicht weiter. Er fühlte sich schließlich wie einen umgekehrten Berg, der unten von allem Anfang an schon seinen Gipfel hatte.
Er war ein Arbeitsloser.
Aber er wurde nun auch genußlos: auch seiner Fähigkeit, zu nehmen, schwand der Atem. Und da heiratete er, nach unruhigem Grübeln über Mittel zur Erhaltung seines Lebens ... Wenigstens spüren, wie ein *anderer* Mensch genoß! ... nachdem er selbst keinen Genuß mehr spürte: Das war sein Grund. Und das bog ihn sogleich in eine halbe angenehme Spannung, ... seit langer Zeit zum ersten Mal wieder in die Spannung: Wie wird es werden? Denn *werden* würde etwas ...

Seine Frau hatte ebene Gesichtszüge (und so war ihr Charakter), aber einen abwechslungsvoll gegliederten Körper. Ihre Bewegungen schwollen von Bewegung; sie waren sichtbar und selbst um sich blickend, waren voll Umwelt und hatten immer ein Ziel. Wenn sie allein war, benahm und rührte sie sich nicht anders als im Beisammensein mit anderen; instinktiv wie zur Übung war sie immer sie selbst. An der Ehe überraschte sie nicht nur die Liebe, sondern alles; obwohl sie alles gekannt hatte. Jeder Moment unterschied sich ihr von vorigen dadurch, daß sie den vorigen empfunden und aufgenommen hatte und um seine Hilfe gesteigert sich dem nächsten noch voller darbieten konnte. So kam sie der Möglichkeit, sich abzustumpfen, mit jedem Male der Umarmung ferner. Sie schuf Süßigkeiten aus nichts. Sie raubte der Umgebung der Liebe (Bett, Zimmer, Lampe, Nachtluft) die angeborene Eigenschaft, Materie, fremde Natur zu sein, und machte alles durch Blick, Gebärde, Gegenwart zu ihrem eigenen Produkt.
Sie war eine Schöpferin.
Aber auf ihren Mann kam nichts von diesem Können. Die sanften Erregungen eines ihm gehörigen Weibes wären ihm vielleicht nachfühlbar gewesen. Dünne Bäche von Sinnlichkeit hätten zu den spitzen Mündungen seiner Nerven gepaßt und sich herüberleiten lassen. Er sah sich aber mit einem schallenden Fall von Liebe überschüttet, und seine laut sich schließenden Sinne fingen nichts davon ab ... Seine Absicht mit dieser Ehe drohte unerreicht zu bleiben. Er erschrak, schämte sich, betäubte sich, spielte den überlegen Abwartenden. Bald mußte er einsehen, daß die Beschaffenheit seiner Anlagen, die er so selbstverständlich gefunden hatte, ganz versagte; er wohnte dem Schauspiel ihrer Lust unbe-

schäftigt bei; ... und weil dieses nicht mehrere Szenen eines einzelnen Spielers verträgt, so war zu fürchten, daß auch die Frau in kurzem aufhören würde.

Darum faßte er inmitten der Faulheit seines Wesens den Entschluß, etwas anderes aus sich zu machen. Oder wenigstens den Anschein eines anderen bei ihr zu erwecken, einen Partner zu markieren. Wenn er auch daniederlag, daß weder sein Denken noch sein Lieben scharfe Wege nehmen konnte, so konnte er doch aus den Resten beider Fähigkeiten die Mischung einer neuen herstellen. Seine Erfindung war: ... sich die Möglichkeiten, Bewegungen und Orte der Liebe in *Bilder* umzudenken, die das Künstlertum seines Kopfes und seines Blutes reizen sollten. In Romanen findet sich der Fall, daß unglücklich Verbundene während der Umarmung sich statt des gegenwärtigen den wirklich Geliebten vorstellen. Sie tun es, um die Wahrheit ihrer Seele notdürftig zu schützen, gegen den anderen sich zu *wehren*, abzuschließen. Seine Erfindung in dieser Novelle aber besaß ihre anders gerichtete Originalität: Jene, die er umarmte, suchte er im Gegenteil nur deshalb zu vergessen, um sie *lieben* zu können.

Also bemalte er seinen Willen mit Vorstellungen der Kunst. Er legte sich in die Kissen wie zur Lektüre eines weich machenden Buches auf prachtvollem Papier. Eine Luft gleich den Farben präraffaelitischer Gemälde empfing ihn. In sein Ohr drang das Scherzo der F-Dur-Symphonie. Striebige Bewegtheiten, Seufzerfurchen, glatte Flächen, Unruhe von Punkt zu Punkt wie auf Landschaften des tief wahnsinnigen Malers. Nach seinen sehr verschiedenen Inseln, bewohnt von Gesang, raffinierter Zauberei, nymphischer Seelenfülle, blinder zyklopischer und scharf schlürfender Gier, trieb ihn ein Meer der Odyssee. Es reizte ihn (und er vermochte es), schwindlerisch wie der Marquis von Keith nach allen Seiten doch zu beglücken, – verdurstend die Wüstenhitze mit seinen willigen Makedoniern zu erobern, – als Antaios den Körper der Erde zu berühren und mit erneuter Kraft die Arme auszustrecken, – die Notwendigkeit eines Selbstmords sich vorzuspiegeln vor übergroßer Leidenschaft zur gleichgültigen Lotte, – wie mit einer Wunderlampe den Brunnen zu betreten, der im Versiegen seine Schätze offenbart. Mit rastloser Anspannung, mit Sinnlichkeiten der guten Absicht gab er sich daran: Und es gelang. Es gelang ihm, seine Frau ahnungslos zu lassen, ihr soviel Widerstand fühlbar zu machen, wie ihre Wünsche brauchten …

Dennoch … der Sinn seiner Ehe sollte dies ja nicht gewesen sein. Er hatte ja, eigener Lust beraubt, wenigstens die ihre erleben wollen. Nun war es nur so, daß er die ihre wußte, – aber nicht herüber fühlte. Diese Erkenntnis durchschmerzte ihn klar, während er mit fast tobendem Eifer seinen Vorsatz ausführte; – sie konnte ihn aber nicht mehr hemmen. Er, der Arbeitslose, Entwicklungslose, Leere war auf diesem Wege immerhin ein Mensch mit einem Berufe geworden. Zu beglücken, dieses Bewußtsein, ungenießerisch, selbstlos bis zur Abstraktheit, war ihm jetzt willkommen und genügte ihm jetzt, wie er meinte. Er sah seine Frau weiter glühen, bei ihm, dem Unfähigsten, – dem solche *Wirkung* doch möglich geworden war. Er geriet außer sich vor Anspannung und Wunsch, ein anderer zu sein.

Nicht Liebe war gekommen, auch nicht Empfindung der Liebe der Geliebten, … doch Talent.

– Aber ich füge zum Schluß hinzu, daß er bald starb. Einsam zu sein, wie er war, solche grausame versteckte Ungeliebtheit einer Seele wird auf keinen Fall lange ertragen.

Die beiden Seen

Um dem Volk die Größe der Zukunft auch in sichtbaren Bildern vor Augen zu führen, ist es nützlich, den Schleier von der großen Vergangenheit hinwegzuziehen. So wurde im Rat beschlossen, einen tiefen Bergsee bei der Hauptstadt bis auf den Grund zu entleeren. Ein altes Schiff, die Trireme eines antiken Kaisers, lag in Herrlichkeit dort unten. Seit zwei Jahrtausenden versunken mit Roms Adler, mit Ruten und Beil: es war für das Wrack an der Zeit, aufzuerstehen.
Kaum erscholl der begeisternde Aufruf, und schon marschierten neben den Arbeiterkolonnen die schwarzen Scharen der Freiwilligen heran. Es galt, den dunklen Lungosee zur Entblößung seines Schatzes in den nahen, aber weit größeren Aldosee umzugießen. Mit weithin hallenden Gesängen stachen sie ins Erdreich zwischen den beiden Wasserbecken. Dann wurden die flacher liegenden Dörfer an den Ufern des Aldosees geräumt, und man sprengte das letzte trennende Stück.
Nun sahen sie mit geschwellter Brust den Wasserschwall hinüberfluten. Rasch stieg der eine, rasch sank der andere See, unter den feierlich schmetternden Stößen der römischen Tuba. Zehntausend festlich gekleidete Zuschauer verfolgten auf den Tribünen rings um die Lungoufer das Zucken der Wasserfläche. Sie verebbte, und langsam tauchte ein bleiches Trümmerfeld auf, umquollen von uraltem Schlamm.
Die Musik fiel ein, die berühmte Hymne »Jugend« erklang. Schon konnte man die hölzerne geschweifte Schale des Schiffes erkennen, das auf der Seite lag. Es war ein gewaltiges verkrustetes Gerippe. Das mit dickem Schimmel beladene Steuer und mancherlei verstorbenes Gerät zeigte man

sich. Unzählige Gläser durchsuchten funkelnd den Moder, und die Musik umspielte das Schauspiel.

Indessen war der andere, der empfangende See von der Wucht des fremden Wassers bis an den Rand gewachsen. Aber die Flut trat nicht in die geräumten Dörfer über. Nur eine zu niedrige Stelle, wo ein einzelnes Haus stand, war den Vermessern entgangen. Hier setzte der mächtige Angriff der Wellen über die Ufer hinweg. Die Besitzer des Hauses, in der Stadt wohnend, hatten den Sohn eines ihrer Arbeiter zur Aufsicht zurückgelassen. Jetzt schlummerte der Junge in der Küche. Von einem guten Traum leuchteten seine geschlossenen Lider, während das Wasser kam und sich schon durch den Garten heranwälzte.

Drüben leuchteten unter Scheinwerfern alle Geheimnisse der Tiefe auf. Das Werk war gelungen und endloser Jubel durchbrauste die Tribüne. Wie ein einziges offenes Museum lag der verschollene Seeboden da. Lange Züge begannen sich zu ordnen, zur Besichtigung der großen Funde. Über Planken und Brücken ging das Getrampel der entzückten Zuschauer, mitten hinein in die von Verwesung und Waldluft durchzogene Unterwelt. In der abendlichen Sonne glich alles einer vornehm zerfallenden Ruine, neben den seltsamen rostigen Geräten waren selbst Säulen mit pilzgrünen Voluten hier versunken. Aus dem gelben Gewimmel der verstreuten Skelettknochen ragte ein fauliger und unsterblicher Mastbaum.

Aber im anderen See schwappte Wasser an die Fenster des Hauses und brach durch die platzende Tür. Wie Kähne wurden Treppen, Möbel, Betten bis zur Zimmerdecke gehoben. Schreiend, aus den flutenden Kissen, aus dem Traum, in dem er sich eben noch als Held sah, ein furchtbares Krokodil besiegend, stürzte der Knabe ins Wasser. Er schwamm, die blühenden Wangen vor Schreck vereist. Der Strom riß ihn wie ein unwiderstehlicher Luftzug durch die Fenster hinaus. Er schlug um sich, er hielt sich an einem jungen Baum im Garten fest, er sank mit ihm um, – während in der Mitte der anderen, fast trockenen Seehöhle das schon ein wenig aufgerichtete Fahrzeug erglänzte. Aus den Seiten ragten drei Reihen zersplitterter Rudergräten hervor. Es war, als säßen drinnen, in der auferstandenen Galeere der Vergangenheit, noch die Sklaven dahinter, es klirrten die alten Ketten. Aber ein Bläserchor trompetete mit sieghaftem Schmelz hinter dem Rest der abziehenden Wellen her, die im Garten drüben mit einem letzten Stoß den Jungen ertränkten.

Mörderische Reklame

Als Ted Corbett, ein junger Ingenieur, den man im Staate Utah wegen Ermordung seiner Geliebten zu Tode verurteilt hatte, am letzten Abend die Nachricht von der Ablehnung seines Gnadengesuchs erhielt, blieb ihm nur noch der einzige kühle Gedanke: wie er über die letzten zehn Stunden dieser Nacht hinwegkommen sollte.

Besuch hatte er kaum zu erwarten; mit dem einzigen, der sich noch einstellen würde, mit seinem Vater, hatte er durchaus nichts mehr zu reden. Schon erlosch in der vergitterten Milchglasscheibe der Zelle die matte Sonne, das Gefängnis wurde still. Die kurze Zeit, die noch vor ihm lag, war so lang wie sein Leben. Er ging hin und her durch die paar Meter Raum, die waren für ihn so groß wie die Erde. Auf jeder Seite traf ihn die harte Faust der Mauer, und wie ein angeschlagener Boxer lehnte er sich an die Tür, als sie sich plötzlich bewegte und aufging.

Er runzelte die Stirn. Aber es war nicht sein Vater. Dann erschrak er vor dem fremden Gesicht. Aber es war auch noch nicht der Scharfrichter. Ein Gentleman mit indianisch gebogener Nase und schrägen, von vielen Falten umstrahlten Augen trat herein. Er zog die Hände aus den Taschen und übergab dem Verurteilten unter erstaunlichen Erklärungen zwei dicke Bücher. Zum Schluß bemerkte er, hier seien die Verträge. Er überreichte ihm mehrere Blätter und seine Füllfeder zur Unterschrift.

Als nach einiger Zeit Teds Vater kam, fand er den Sohn in ein Buch vertieft. Der junge Mann sah keinen Augenblick mehr auf, und man hörte in der stummen Zelle nur das Geräusch der dünnen Seiten, die der angespannt Lesende in raschen Abständen umschlug. Gegen Mitternacht war er mit dem ersten Buch fertig und griff nach dem anderen, ohne den Blick zu heben.

Der Alte verhielt sich ruhig, wie eine Mutter am Bett ihres Kindes, zufrieden, wenn es zu schlummern scheint. Als auch der zweite Band zur Neige ging, begann das Fenster sich grau und bald mit schwacher Röte zu färben. Die Uhr schlug. Leute traten herein. Einer schritt auf den Vater zu und sagte: »Ich bin der Verleger Prosper Arrground. Habe mit Ihrem Sohn über diesen Roman einen Vertrag gemacht. Er hat ihn pünktlich zu Ende gelesen. Für unterwegs ist auch gesorgt.«

Mit fiebrigen Augen hatte Corbett die letzten Seiten verschlungen. Das Buch zuklappend ließ er sich hinaus auf den Wagen führen. Kaum aber setzte sich der Zug zum Schafott in Bewegung, als sich den zahllosen Zuschauern ein unerwartetes Bild darbot. Man sah den Verurteilten zwei rot eingebundene Bücher nach allen Seiten durch die Luft schwenken. Dazu rief er im Fahren mit schallender Stimme: »Lest Kyrills Glück! Zu kaufen bei Arrground, Dittanderstreet, heute Filialen in allen Straßen, durch die der Zug geht! Kyrills Glück! Zweimal vierhundert Seiten! Habe mir damit vollkommen die Zeit vertrieben!«

Einen Augenblick lang war die Menge wie erstarrt. Aber schon tauchte der erste Verkaufsstand auf und alles stürzte hin. »Muß ein mächtig spannender Roman sein! Hat einen Verurteilten getröstet! Kyrills Glück!« verlangte man und erhielt es für drei Dollar. Der Wagen bog in die nächste Straße ein, durch das Schallrohr tönte es immer wieder von den hinrollenden Rädern herab: »Lest Kyrills Glück!« Ein neuer größerer Laden breitete mit gefälliger Eintönigkeit tausend Exemplare des Buches wie eine Wiese von roten Blumen bis über den Bürgersteig aus. Schon stand eine lange Menschenreihe vom Armesünderkarren bis zu den Bücherregalen an. Der mustergültig vorbereitete Verkauf befriedigte blitzschnell die gewaltige Nachfrage. Es machten sich auch fliegende Händler bemerkbar, die aus Körben verkauften, ganz nahe dem seltsamen Ausrufer. Manche Leute brauchten sich infolgedessen keine Sekunde lang von dem Zuge zu trennen, sie lasen im Gehen und machten beides mit. Und über ihren Köpfen hörten sie die heiser werdende Stimme dem Richtplatz entgegen rufen: »Auch für Schlaflose, Kranke und Kummervolle! Lenkt ab, spannt und tröstet!«

Er tutete seinen Text noch oben vom Gerüst in die Menge: »Habe mir damit vollkommen die Zeit vertrieben!« Und so füllte dies Geschäft sein Leben mit wohltätiger Betäubung fast bis zuletzt aus. Um dieser Betäubung willen hatte er die Sache übernommen. Aber hoch oben auf dem Gerüst durchschoß ihn jetzt Sekunden lang eine Bitterkeit: Der große Erfolg gehörte nicht ihm – diese Tantiemen konnte er höchstens vererben – dieses Buch verkaufte er nicht für sich selbst –

Doch er konnte das ungeheure Geschäft nicht einstellen: es war geschehen: er steigerte die Reklame bis zum äußersten: sein Kopf war gefallen.

Das Buch aber wurde wohl von jedem Einwohner erstanden. Am Abend waren die gesamten beträchtlichen Vorräte am Ort abgesetzt.

Unter den Sternen

Novelle

Der Schatten des Waldes bewegte sich in Geburt der Nacht. Ein Mann stand am Rande der Bäume und sah mit funkelnden Augen aus der Finsternis nach den letzten Häusern zurück, in denen noch kein Licht statt der Sonne erschien. Die dämmernden Dächer unten bildeten einen Haufen rosiger Leichname, Eisenbahnpfiffe über ihnen wie Geier. Doch dahinter leuchtete und prasselte aus dem Innern der Stadt schon die lustige Brunst, in der die gestorbenen Tage verbrannt werden.

Er streckte die Glieder und sprang mit einem Satz in das rauschende Gebüsch. Schaudernd zuerst wie ein erhitzter Taucher, mit unbändig ausgreifenden Schritten wie ein entkommender Gefangener stieß er durch das Laub, den Mund durstig nach dem Laub geöffnet, und brach durch die dichtesten Zweige in das Innere des Waldes.

Zwar fühlte er bei jedem Tritt eine Lust, die seinem Wege scheinbar entgegengesetzt war: Er hätte tanzen mögen, in einem glühenden, mit irgendeiner stürmischen Menge gefüllten Saal herumwirbeln, im Takte schöne Leiber umarmen. Die blinkenden zackigen Blätter, die ihn streiften, nährten in ihm eine unbestimmte Liebe zu einem Heer zahlloser Körper, wie an leidenschaftlichen Abenden ein Mensch von einem Walde zärtlicher Finger träumt. Dennoch eilte er vorwärts, in die lieblose Stille hinein, und entfernte sich von der Stadt und von seinem Hause, wo seine Geliebte ihn erwartete.

Es war auch nicht gewiß, ob diese Begierde sich auf ein Gefühl von Menschenkörpern richtete. Vielleicht meinte er die harten Baumgestalten im Waldgeruch, Gigantenleiber aus der Erde in den Himmel. Wenn sie die ganze Nacht ihn begleiten würden, konnten vor ihnen alle Erinnerungen klein werden, alle Abenteuer und Neigungen zwischen Menschen beim Anblick der gewaltigen Stämme verblassen –

Sie wartete, aber sie war nicht allein. Auch sein Freund wartete dort, der gestern zurückgekehrt war. Warum ging er nicht seinetwegen zurück? Warum verließ er auch den Freund, mit dem er nach seiner Fahrt um die Welt erst einen Tag lang gesprochen hatte? Er brach einen Ast ab, schlug damit auf den Boden und hob ihn mit einem Male hoch in die Luft: Fort! – weil jetzt der Augenblick war, selbst in die Welt zu fahren.

Er dachte an die vorhergegangene Nacht: Mit den Atemzügen der Frau, die neben ihm schlief, klangen noch die Erzählungen des Freundes in seinen Ohren. Aber sie begannen ihn im Traum zu quälen, ihr ermunternder Schwung verwandelte sich in gelähmte Träume wie Rucke an feststehenden

Wagen. Dann erschollen laute Schritte. Sie streiften durch das Haus von unten bis oben und stießen gegen die Türen und Wände. Er war davon aufgewacht: – Durch das Haus hallte wirklich ein Schritt. Es mußte der Freund sein, vielleicht zum Schlafe nach seiner Ankunft noch zu ungeduldig. Es näherte sich stand und strich immer kürzer fort, kehrte näher zurück und umkreiste immer lauter diese eine Tür.
Der Horchenden hatte sich aufgerichtet. Der unverhüllte Gang draußen sprach schon deutlich von einem rasch erlangten Wissen über dieses Haus! Er klang wie Donner – als stünde nach einem blitzhaft sie alle überfliegenden Blick dem Auge und dem Fuße des Angekommenen schon alles hier offen. Er sah zur Seite, auf die Schlummernde. Die Brust der Frau hob und senkte sich im Takt mit den nächtlichen Schritten, deren Stoß schon innen durch den Boden des bebenden Zimmers lief.
Da sah er, daß diese weichen, enttäuschten und erwartungsvollen Mienen der Frau dem frisch von draußen Hereinstürmenden die Wahrheit verraten mußten: die Entfremdung zwischen einem Menschenpaar, jene wechselseitige traurige Verwandlung der Liebe, die sie beide auf ihren Gesichtern, längst wie in Spiegeln verfolgt hatten. Das war die unaufhaltsame Gleichgültigkeit, die aus der täglichen Nähe wie aus einem Schleim entsteht und Stück für Stück am Körper bekriecht, bis nichts mehr frisch ist und nichts mehr lockt. Vertrautheit und Treue hatten ihre zweideutige Wirkung getan. O, die erste Begegnung, die Eroberung, der Anfang – er allein herrlich in jeder Liebe! Aber die geduldige Gemeinschaft, die weiche Gewohnheit, auch aller leidenschaftlicher Anteil, der zwischen einem menschlichen Paar sich anhäuft, das so gerne steigende Herz: plötzlich fällt es ab. Wider Wil-

len, ob es sich auch gegen die Vergänglichkeit der Freude und Sorge sträubt, wie die andere Seite eines Bergs muß es unaufhaltsam hinunter. Sie erschraken über das Gespenst, das die Natur selbst aussendet, sie wollten es nicht sehen, wenn es mit Gelächter Tag und Nacht um sie herumschlich, wenn es als Dritter kalt in ihren Armen lag. Statt seiner stand jetzt eine runde frische Gestalt vor der Tür, doch nur um mit gespenstischem Lachen die Zerstörung zwischen ihnen weiter zu führen.

Er hatte sich auf das Lager zurückgeworfen. Eine Änderung, eine der Bewegungen hatte begonnen, die den Lebenskern anrühren, daß ihm ein neuer Entschluß entspringe. Und als wollte diese zur Ende gehende Strecke seines Lebens den alten Bannkreis noch einmal recht eng ziehen, stellten sich die langen Stunden der Nacht, während es draußen ruhig wurde, immer heißer erstickend um ihn. Er sah die niedrige Decke des Schlafraums mit den dicken Kränzen auf sich herab sinken – und jetzt in wunderbarer Entscheidung über ihn anhalten – empor steigen – und in der Höhe mit einem Schlag luftig sich auftun – in den Sternenhimmel!

Denn er stand nun im Walde und im hereinbrausenden Sternenhimmel, vor dem plötzlich der Vorhang seiner bedrückten Gedanken weit aufrollte. Er bog den Kopf zurück, dann sank er am Stamme eines Baumes entlang nieder, preßte das Gesicht in den Boden und wagte erst nach einer Weile wie ein Kind von der Seite hinzusehen:

Mit blitzenden Zähnen neigte sich ein ungeheurer Mund über ihn und ein dunkel gewölbtes Kinn wie der Wille eines Riesen. Gegen den armen Ort hinter seinem Rücken, wo die Tage in quetschender Nachbarschaft geheimnisvoll umliefen und sich von einander weniger unterschieden als

Wetterfahnen und quakende Drehorgeln: – blendende Heerscharen unter den Klängen der Sphären rückten da gegen die arme Engnis an, zu seiner Erlösung, und donnernd flüsterte es an seinem Ohr: Ein anderes Maß an dein Leben!
Die Liebe allein hätte sich dem himmlischen Ansturm entgegenwerfen oder einen neuen Beginn begleiten können, aber sie war hier unten erblaßt. Ein herrlicher Tausch kündete sich ihm an: Die Windsbraut der Freiheit blies in die stehende Luft eines Menschenzimmers und wehte die Seufzer lauer Umarmungen hinaus. Die schwachen Wolken, die dort gegen Orion hin vergingen, konnten die Kissen ihrer Betten sein – Trompeten schmetterten: Anderes himmlisches Maß an deine Liebe!
Er starrte in das Licht. Wie ein Arzt mit kühlem Feuer wollte es seine letzten Winkel ausbrennen. Denn getötet wird die Gewohnheit nur, wenn auch der Rest der von ihr durchwachsenen Liebe getötet wird. Ein Schmerz widerstand dem Lichte noch, einen Augenblick lang, als sei der sanfte Glanz dort oben doch zu gewaltsam für die irdische Wunde. Dann, glücklich über sein ins Unbekannte verlorenes Gefühl, begann er mit großen Schritten weiter zu gehen. Er ging nach Süden, wo der Wald sich noch endlos dehnte. Das Gesträuch verschwand, in den Bau der Buchen bis auf die glatte Erde fiel zunehmendes Licht, als würden die Blätter durchsichtig. Neben den Säulen der Stämme standen mit dem gleichen silbernen Glanz die Zwischenräume, leere Pfeiler der Einsamkeit. Dennoch fühlte der Wandernde eine heimliche Hand auf seinem Nacken und seine Bewegung wurde schneller und leichter davon. Es drängte und beflügelte seine Füße, als hauche einer, der die Meere kannte, wie ein Windgott ihn vorwärts –: der Freund.

Denn zwischen *ihnen* war es nicht zu Ende, sie fühlten einander noch, der Zurückgekehrte und er, der nun in die Weite ging. Dieser Sturmhauch wehte schon ununterbrochen seit dem ersten Anblick des Freundes, wie er in die Tür trat: Mit Feuern vom Äquator, Riesengürteln von Eisbergen, Golfstrom und Palmenoasen, Wüstensand und vielfarbigen Völkermassen fuhr es auf ihn ein. Nach allen Himmelsrichtungen weitete sich das Haus unter dem Fuße des Reisenden auf, die Mauern bauschten sich wie davonfahrende Segel. Geschüttelt, umarmt, geküßt von der herandringenden Übermacht der unbekannten Erde war sein Herz aufgewallt. Aus dem Sarg der Liebe, darin er lange still gelegen hatte, rissen ihn die holenden Wogen der Freundschaft zu allen Ufern fort. Von ihr getragen bleibt man ihr treu, auch wenn man sie nun übertreffen will, sich versenkend in eine noch geheimnisvollere Welt! Mit noch größeren Fernen sich befreien! Über das Haus der Frau, über den Erdkreis des Freundes hinaus –

Der Wald schoß mit allen Wipfeln in die Sterne. Das waren die glühenden Mengen, mit denen er zu tanzen verlangt hatte. Die hohen Stämme führten ihn an sich empor zu noch mächtigeren Verhältnissen und Feuergestalten, in die Umschlingungen himmlischer Leiber. Wenn er zwischen den Wipfeln schon mit geringen Bewegungen seines Nackens von Stern zu Stern fuhr, begann erst die neue Zauberkraft – mit der er sich nun abstieß in die Ozeane, die die Welt umgeben. In die Strömungen längs der Sterneninseln an schimmernden Bildern kindlich und reif vorüber gewiegt, von heiter paukenden Donnern, durch klare Wellen ohne Grund, dort, wo sich im Glanzraum der Unendlichkeit nicht mehr unterschied, ob er stieg oder sank –

Aber die Wahrheit hatte schon ihre Gewalt über ihn wiedererlangt. Nicht den himmlischen Weg hatte er zu gehen. Mit starren Augen und doch ohne Überraschung sah er plötzlich die Bäume zurücktreten, Laternen pflanzten trübes Licht eine Straße entlang, Wagen rasselten: Er war längst von dort abgebogen, wo der Wald sich noch endlos dehnte. Die schwärmende Seele war unmerklich von den Füßen abgeführt worden, wie von Detektiven der Wahrheit.

Denn diese Seele hatte sich vergessen und bei der Erinnerung an den Freund, mitten in jenem Schein des Aufschwungs, war sie nur von einer kleinen Spitze getroffen worden, aber gegen diesen Stich waren schon alle Sterne machtlos. Was trieb ihn hinaus? Warum täuschte er sich und jubelte um die Wette mit Engelchören? Nein, er floh vor Verrat! Der dort in seinem Rücken, mit so weitem Seeatem in der Brust, um eine kleine Tür schlich! Wäre es die endende Liebe gewesen und im Augenblick dieses Endes die neu spornende Rückkehr des Freundes: Aber es war in Wirklichkeit ein schneller Dolch aus gebauschten Falten, bleiche Handflächen winkten im dämmernden Zimmer ungeduldig: Laß uns allein. Ein höhnisches Gelächter lief durch die Reinheit der Sphären, denen er sich zugestellt hatte.

Er stand wieder am Rande des Waldes, stieg den Abhang hinunter auf den gepflasterten Damm. An Mauern und Zäunen entlang, dann zwischen den hallenden Häusern eilte er durch die Straßen und langte bald an.

Sein Haus lag dunkel. Alles war ruhig. In den Garten, in den Vorraum, über die Treppe. Niemand begegnete ihm. Er riss die Türen mit hastigen Griffen auf, aber schienen sich leise zu bewegen und unhörbar ins Schloß zu fallen. Trat er nicht laut auf den Teppichen auf? Sie verbargen seinen Tritt.

Die Gesichter der Bilder hingen starr zwischen Möbeln und Schatten, weiße Lampen besäten, ohne zu flimmern, die steife Decke. Aber mit einem Stoß hob sich plötzlich das Haus, schwankte, fiel, rollt wieder empor. Die Wände, ineinander verkrampft, schlingerten. Und der Boden öffnete seinen Mund, schreiend vor Lust und Schreck, und wie ein verzerrtes Gesicht gestört im Kuß wandte die Decke sich um –: Er hatte in das letzte Zimmer gesehen, und sah die beiden umarmt liegen, und obwohl sie ihn erkannten und ihre Augen in alle Winkel zerstoben, trafen sie sich vor ihm noch in der letzten Wut ihrer Umarmung, während die Tür zufiel.
Draußen rannte er die Straße hinab, kehrte zurück und lief um das Haus. Es war totenstill, er stampfte durch den Garten, die Blumen knirschten. Feuer daran! Dachte er, aber ließ die Hand wieder sinken. Denn Flammen schlugen schon aus allen Fenstern, gekrümmte Zungen zum Dach, blutige Funken spritzten. Dann wieder stand das Haus finster und unversehrt, und er selbst wußte nicht, was ihm geschehen war. Hatte er dies alles nicht schon aufgegeben? Was ging es ihn noch an? Wenn er über die Giebel sah, erschienen ihm noch die gleichen Sterne.
Aber sein Herz dröhnte wie von einem furchtbaren Sturz. Er setzte sich auf die Stufe der Gartentreppe, Blut tropfte von seinen Lippen, mit den Zähnen hielt er die Seufzer zurück. Sie kamen nicht deshalb, weil einer aus dem Traum, auf den Abgrund zu, gefallen war und mit dem härtesten Anprall der Erde empfangen wurde: Er hatte ihre Härte immer in seinen Traum hinein gefühlt; doch sie vergessen wollen, diese Dinge, die mit drohendem und unsicherem Gang wie die Umdrehung der Erde selbst heranrückten. Her zu uns! Schreien die Dinge unten mit roher Kraft dem Menschen

zu – Der aber tut, als gehöre er nicht zu ihnen, er bietet den Heerbann der Sterne gegen sie auf, zu ihrer Umgehung, den Zauber der Sterne zu seiner irdischen Entlastung, und will, während dies hier geschieht, verschönen und verflüchtigen. Dafür sollte er nun erfahren, daß keine überirdische Freude die Macht hat, eine Qual auszulöschen. Vor ihr hatte er sich die Augen verbunden, die Sterne aber mißbraucht und seine Unruhe unter sie ausgeschüttet. Zischten nicht die beirrten Kometen auf ihn nieder! – Was zuckte es noch immer in seinen frechen Knien, ob er nicht wieder hinein eilen und den Mann dort drinnen morden soll? Er wende sich lieber gegen sich selbst! Ein Hurer er selbst! Ein Hurer mit der Unendlichkeit! Vergewaltiger der Sterne! Unreiner Vermenger der nahen und fernen Dinge! Der sich gemein und ätherisch scheu den Betäubungstrank mischte! Verlassen vom Himmel und Erde saß er nun hier und der prunkende Traum war vor dem Angesicht dieses Hauses vergeblich gewesen.
Und obwohl er nun so willig und geständig war, durfte er nicht aufatmen und er fühlte sich noch fester angepaßt, als erwarteten ihn erst die gefährlichsten Fragen: In strenges Schwarz gekleidet erhoben sich im Hintergrund, Ausforscher mit seinen eigenen Augen. Nur die Tränen gaben sie endlich frei, damit er den Stimmen rings alles gestehen könnte. Sie fragten: Sprich, hat es dich nicht doch geschmerzt, daß die Liebe vergänglich ist? – Ja. – Gut, aber es fällt uns auf, daß du sie verließest, gerade als der Freund kam. Bist du etwa, antworte! Mit dem heimlichen Wunsche fortgegangen, es solle geschehen? Spieltest du, ob es geschehen würde? Sollte es geschehen? Ist es möglich, antworte jetzt! Daß du Freiheit und Einsamkeit mit ihrer Preisgabe erkaufen wolltest? – Ja! Ja! – Vor wessen Verrat also flohest du,

Heuchler, der du von Verrat schreist, – Vor meinem! – Gut, Wächter, ergreift ihn! In den tiefsten Keller, in die Engnis zurück, in den Schlamm mit dem zügellosen Sternenfreund! Zum Garten hinausgepeitscht, durch die dumpfe nächtliche Menge der Stadt kriechend, zwischen den Wänden voll dunstiger Lichtkugeln und kreisender Türen, wie unterirdischen Kerkern zugestoßen, fiel er in die Öde, wo die Gassen Rinnstein in Rinnstein zum Hafen hinab quollen. Dachtraufen über den kleinen Mauern in der Luft verflochten, lichtlose Laternen wie Grabkreuze an die geschwollenen Fensterlöcher gekrümmt, die schmutzigen Giebel wie betrunkene Matrosen einander sich zuwiegend, ein Dickicht toter Umarmungen ohne Widerhall verschluckte die Schritte. Hinter einer Kirche, den Turm als einen Riesenfuß vorgestellt, wimmelten schwarze Häuser noch dichter heran, wie wild über eine Störung im Haufen. Aus den Holztüren unten im Pflaster kamhohler Geruch der Keller und wuchernde Luft aus den Fenstern, Kot lag vor den Schwellen. Ein Friedhof drängte sich herein, über die Mauer starrten Grabmalköpfe. Eine blanke Gasse folgte, aus erleuchteten Türen quollen Waden und Brüste, breite Nasen hoben sich grinsend, rot wie ihre Backen schlotterten drinnen Ampeln im Stubenduft und im Knarren von Grammophonen und Betten. Die Gasse ging auf, Schiffe, Lastkähne, Segelbote schlingerten in glucksenden Wellen, in einem Wald von Holzrümpfen, Schloten, Masten, Brücken, Schuppen und Pfählen stieß sich und tanzte ohne Füße und Musik unter den weiten Sternen das Gedränge der Erde.

Er trat in eine Schenke an der Ecke, die der Rauch wie einen Schornstein füllte, und setzte sich an das Ende der Tische. Gegenüber lehnte ein Paar ineinander, der Mann mit Matro-

senmütze nickte, trank, reichte ihm ein Glas hin; er trank. Im Dunst, im gleichmütig schleppenden Lärm stiegen zwischen den Gaslampen die Gläser an den wuchtigen Männern wie Eimer eines Brunnens auf und ab. Dazwischen warf einer gaukelnd Sachen aus den Kleidern und Haaren der Frauen durch die Luft. Im Gurgeln der Harmonika hörte er den Mann gegenüber reden, der eine Hand auf die seine legte, während die blauen Augen des Mädchens ihn ansahen. Sie stand auf, setzte den Fuß auf die Bank und zog sich den Strumpf an dem starken Schenkel hoch.
Er empfand sich wie unsichtbar, ohne Namen und wäre in einen Abgrund gefallen, hätte ihn jetzt niemand angerufen und begrüßt. Er regte sich nicht. Aber er sah den Wirt schon an den Tischen entlang gehen und die Hand heben. Einer nach dem anderen drängte sich hinaus, bis nur die drei blieben. Der Matrose schüttelte den Kopf, schlug auf den Tisch, schlug ihn auf die Schulter, schob das Mädchen näher zu ihm heran und fragte, wohin er schlafen ginge.
Sie liefen eingehakt durch die Gassen, er an der Seite des Mannes, der ihn kräftig an sich drückte und fragte, ob er Geld habe, er könne auch bei ihm wohnen. Zwischen großen Möbelwagen hindurch kamen sie zu einem Winkel, bebaut mit lustig gestrichenen Hütten. Die Tür klingelte noch, während er in die kleine Küche gebracht wurde. Dort erhielt er ein Sofa. Der Matrose warf die Tischdecke darüber, gab ihm einen Kuß auf die Backe und ließ ihn allein.
Er legte sich hin, die alten Spiralen zirpten, er zwang sich still zu liegen. Der Mond schien herein, ein weißes, pupillenloses Auge. Die Sternbilder, unter ihm erblaßt wie Knochen eines Gerippes, trugen dies Todesauge, das starr wie vom Ende eines langen dunklen Ganges herblickte.

Auf dem Boden neben sich sah er einen breiten Arm liegen, der durch den Schatten des Fensterkreuzes griff: Ein Eisenkran stand draußen und reckte sich schräg über das Dach gegen den Rand des Mondes. Wenn man einsam ist, lieber eine eiserne Maschine sein, dachte er, jede Last heben können, die ankommt, immer klirrend am selben Ort sich hin und her wenden. Ein Mensch, das ist die Qual, nirgends und bei niemandem bleiben zu können, nicht einmal auf dem selben Stern. Beweglicher, rasender ist der Mensch als jeder der im Himmelsraum sausenden Boden, die uns tragen und mit der maßlosen Lust, umgekehrt die Sterne selbst auf unsere Schulter zu nehmen – Aber der Mond, der das Sternenlicht aufsog, stierte auch ihn verächtlich wie der Tod an. Und während Erinnerung noch davon sang, daß er einmal triumphierend durch den Wald zu den Himmelskörpern wie zu seinesgleichen gewandelt sei, bannte ihn der steinerne Mondblick jetzt hinab und legte eine Grabplatte auf ihn.
In der Stube nebenan hörte er die Stimme des Mannes, sie schallte wie in einer Kajüte. Er sann nach, ob er nicht mit ihm fahren könnte. Seine Brust weitete sich, als fände sie noch einmal einen Ausweg, zog sich vom Gedanken an den Freund zusammen und wie Musik und Harmonika dehnte es sich wieder –: Nun doch über das Meer –
Die Tür scharrte, jemand trat ein, eine weiße Gestalt glitt auf den Zehen heran. Sie beugte sich über den Tisch, daß sich das Hemd auseinander faltete. Ihr Haar schüttelnd wiegte sich das Mädchen vor ihm hin und her. Ihre Brüste näherten sich wie kleine Wellen, sie senkte die blauen Augen grinsend in sein Gesicht.
Er richtete sich auf. Sie kam herum, ihr heißer Bauch preßte sich an ihn. Einen Augenblick erschien ihm ein anderes La-

ger – Gesichter und ineinander verschlungene Glieder, die sich nah ihm herum drehten – Er sprang auf, packte die Frau, beide Hände um die Kehle, und drückte zu.
Sie sank röchelnd über den Tisch. Er nickte über ihr, mit aufgerissenem Mund, Rache in den Händen, und drückte zu. Auf der Schwelle sah er den Matrosen stehn und winkte ihm: Sie wollte dich betrügen, Freund! Aber ich – Da empfing er einen Stoß, der ihn zu Boden streckte.
Das Blut rieselte aus seiner Brust, vor seinem zuckenden Auge erhob sich die Frau, Geldmünzen rollten, aus seinen Taschen herausgeschüttelt, er hörte den Mann schnaufen, die Faust mit dem Messer in die Hüften gestemmt: – Der Hund hat dich nicht gewollt?
Krampfhaft fuhr er auf und bewegte die Lippen. Doch eine andere Stimme flüsterte donnernd an seinem Ohr: Laß Empörung, laß Freundschaft und Rache! Dieser hat eine Frau preisgegeben – wie du – um die Münzen hier – du um die Sterne – Setztest, wie schon viele auf diesem schwankenden Erdteil, etwas anderes über die Liebe – und ist es nicht Geld, ist es unfaßbarer Glanz – Jetzt aber gib dich selbst preis – und du bist frei – über den Sternen –
Er nickte und sank zurück, daß der Mond ihm in das Gesicht scheinen mußte, doch die kalte Scheibe war verschwunden, ein Flammenmeer badete ihn, und er fühlte, wie er hinaus stieg und nun mit aller Glut des Innern in die Weite ging.

Die Schildkröte

Auf der Terrasse unter dem heiteren dalmatinischen Himmel saß der junge Mann beim Frühstück. Er war erst herun-

tergekommen, als die übrigen Gäste mit lustigem Lärm an den Strand geeilt waren. Nur eine Schildkröte kroch langsam über den steinernen Boden hin. Man hörte das Meer sanft brausen, die Schönheit der von silbernen Oliven und schwarzen Zypressen filigranhaft durchbrochenen großen Bläue war überwältigend; doch es war milde südliche Gewalt. Er fühlte noch immer die Wut, die er vom Norden mitgebracht hatte. Er hatte dort in einer Stadt gelebt, aus der er durch einen völlig sinnlosen, nur aus der Leere der Leute sich nährenden und täglich anschwellenden Klatsch vertrieben worden war. Jetzt saß er endlich unter fremden Menschen und blickte niemanden an, nicht einmal den Hund der Wirtin. Leider mußte er mit ihr selbst zuweilen reden.
»Hat der Herr diesmal gut geschlafen?« Sie räumte den Tisch ab. »Nein, es roch nach dem Flitten, und die Moskitos waren trotzdem da«, antwortete er und ärgerte sich, mit ihr über eine so persönliche Sache wie Schlaflosigkeit sprechen zu müssen. Scheinbar ohne jeden Zusammenhang fuhr er fort: »Warum bekommt Ihre Schildkröte nichts zu fressen?«
»Meine Schildkröte? Ach so, die da. Bekommt Salatblätter.« Er wies mit dem Blick auf das leere Pflaster und das lautlos kriechende Tier, dessen Schale hart wie der Boden war, aber die dunklen Augen funkelten lebendig in dem vorwärts ruckendem Kopf, der seltsam an einen winzigen Kamelkopf mit grüner schuppiger Haut erinnerte. »Sie kann nicht über die Mauer in den Garten steigen, und Ihre Bedienerinnen heben alles von den Tischen fallende sorgfältig auf. Lassen Sie ihr ein paar Blätter hinlegen.«
Gospodina murmelte etwas und begab sich in die Küche. Er ging statt zum Meer ins Zimmer hinauf und sah aus

dem Fenster. Die Schildkröte bewegte sich an der Mauer entlang, aus der nirgends wie doch im Norden irgendein Moos oder sonst genießbares wuchs. Niemand kam. Er sah über die üppigen Gärten hin, über blühende Mimosensträucher, Myrtensträucher, Magnolienblüten groß wie Monde; dort standen sogar Johannesbrotbäume ... und er vermißte in knabenhaft aufwachsender Phantasie Süßholzbäume und Sträucher mit türkischem Honig, Leckerbissen auf den Jahrmärkten der Kindheit ... Vor Schildkröten hatte er damals auch schon stundenlang stehen können, aber er sah sich deutlich lachen, über ihre schwere Hilflosigkeit jetzt war er wütend. Nur über die freche Gleichgültigkeit dieser Frau?

Die Sonne brannte, so daß er sich den Hut aufsetzte. Regungslos lag die Schildkröte in einem Mauerwinkel. Es ging auf Mittag zu. Er begann zu pfeifen, dann sogar zu singen, süße Arien, aber sehr laut und wild. Dazu trommelte er auf die Scheiben, um die Dame an seine und des Tieres Anwesenheit zu erinnern. Die Mädchen, die jetzt die Tische deckten, sahen lächelnd zu ihm herauf. Allmählich sammelten sich die Gäste, man aß und trank, der Hund lief zischen ihren Beinen herum, griff zur allgemeinen Belustigung die Schildkröte bellend an und fing jeden ihm zugeworfenen Bissen geschickt auf. Dann wurde es wieder still, man war schlafen gegangen; das glatte Meer unter dem wolkenlosen windlosen Firmament funkelte in den Scheiben des Fensters; rings schlief die Luft, ermattet von ihrer eigenen Glut.

»Sie wollen nicht essen, Herr?« rief die Wirtin mit schriller Stimme, »sonderbar!« Er sah zu ihr hinunter, auf ihren ebenso breiten wie dünnen Mund, die spitzen Augen, die niedre Stirn, neben der die knolligen, aber weit geöffneten neugierigen Ohren saßen. Glich sie nicht einer ausgewachsenen Verkörperung, ja einer Statue des Klatsches? Als hätte er ihre Frage bereits beantwortet, sagte er: »Übrigens möchte ich wissen, warum die Schildkröte noch immer nichts – sicher seit gestern – nichts bekommen hat!« »Was haben Sie nur mit Ihrem Krokodil! Sorgen Sie für sich selbst!« rief sie mit falschem mütterlichem Ton.

»Wenn man als Mensch«, erwiderte er und nickte hintergründig, »nicht einmal soviel Macht hat, um Fressen für ein Tier zu erreichen, wenn man als Gast nicht soviel Einfluß auf seine Wirtin hat – ich ziehe aus«, schloß er. – »Bitte!«

Er hatte gepackt, gezahlt, Anweisungen für seinen Koffer gegeben. Jetzt ging er zum Hafen, quer durch eine sehr grüne, mit gewundenen Feigenbäumen und Oleanderbüschen bestandene Aue. Das Feuer der Sonne mischte sich mit seiner Erregung, während ihm die Berge rings mit runden dalmatinischen Linien weit schwingende Tänze vorführten; sie erschienen im Hingehen weich wie vorbeischwebende Wolken, vom strahlenden Himmel gesunken. Eine Ringelnatter, aus vielfachen Kreisen ihres Schwanzes hoch aufgerichtet, verschwand vom Wege. Erst kurz danach blieb er stehen. Welcher Gedanke war ihm gekommen? Weshalb erst jetzt? War es möglich, daß ein wütender Mensch so dumm ist? Ganz einfach: hätte er der Schildkröte die Blätter nicht selbst holen können?

Es war nicht Dummheit allein, sagte er sich mit seinem wieder erwachten Verstand: Er hatte die Frau dazu zwingen wollen. Sie sollte gut sein, das war es. Er haßte sie und alle anderen, wenn sie nicht gut waren. Aber in Wahrheit dürfte er nur sich selbst zum Guten zwingen. Er bestätigte es sich so laut, daß ein Kind am Wege zu schreien anfing: Wenn

ich auf den anderen warte, wartet der andere auf mich, und inzwischen verhungert meine Schildkröte.
Er drehte sich um. Wohin? Es war klar, daß er das Versäumte nachholen mußte. Dann war es nicht zu umgehen, sich bei der Frau wieder sehen zu lassen. Aber das war sogar die Aufgabe. Der starre, aus seiner Stadt mitgebrachte Zorn begann sich zu lösen. Während er auf eine Bude mit Nahrungsmitteln zueilte, hörte er im Takt seiner Füße die Worte: Tierfreund, Menschenfeind! – Tierfreund, Menschenfeind! Das ging weit über eine Schildkröte hinaus.
»Kann ich das Zimmer wiederhaben?« sagte er zu der erstaunten Wirtin. Er blickte zu der Schildkröte auf den Steinen hinüber. »Bitte!«, antwortete die Frau. Unbeirrt von ihrem Blick auf seine Hand, in der er einen schönen Salatkopf hielt, wandte er sich der Terrasse zu und streute im Vorbeigehen bei dem Tier die frischen Blätter aus, so daß es wie in einem Paradies von grüner Speise lag. Am Abend setzte er sich zum ersten Mal mit den anderen zu Tisch.

III

»Mitten in dem dunklen Regen«

Späte Gedichte

An Alia

Alle Menschen wünscht ich umzubringen,
Du, für dich! die seelenruhig kalten
Männer, und, die sich das Glück verhalten,
Frau'n, wie Blasen sollten sie zerspringen.
Bis die Menschheit sich zusammendrückte,
Du, in dich alleine, in die Größe
Deiner Brust, in deiner Augen Schöße,
– Und die also restlos Ausgeschmückte
Über alles Menschliche geböte,
– Über eigne und die andern Lügen,
Willkür, Ekel, Haß an meinen Flügen,
Und aufatmend ich nur sie noch töte –.

Verbunden

Die Flüsse, gegen die wir schwimmen,
Die weichen Träume, die uns trinken,
Gebirge der Gewalt, auf die wir klimmen,
Die Frauen auch, in deren Sternen wir versinken,
Mit halben Stimmen:

Wir bieten uns den Wildnissen und Süßigkeiten
Der Erde oft, sie küssen uns mit Keulen,
Verkörpern und zerpflücken uns, verbreiten
Die Glieder als ein süßes Chaos durch die ganze Seele – :
Darüber dennoch steht des Freundes Haupt voll Säulen!

An deinem Geist laß meine Stimme widerhallen,
An mir laß deine Gedanken
Verstärkt und marmorleicht erschallen
Und unsrer Wahrheit Wölbungen
In einer einzigen Tat gekreuzt die Erde überranken!

Zwischen den Orten

Auf steinernen Schuhn bin ich zum Wald hineingeeilt,
Ich bin ein Weg, . . durch die mit altem Grün gerauhten
Föhren hindurch. Sie stehn wie spröd gehörntes Wild,
Wie Wilde stehn sie da, die niemals Wege schauten.

Der runde Wald, von meinem Straßenblick zerfeilt,
Die ruhigen Düfte furchen sich von meinem Stoße
Wie Stadtgedränge, das ein Wütender zerteilt,
Es blutet um mich her aus vergewaltigtem Schoße.

Ach nicht dem Wald zuliebe eilt ich fort von mir . . :
So unruhvoll durch Bäume geh ich wie durch Zimmer,
Nur um zu gehen . . Ach nicht Stadt bin ich noch Tier
Und flecke ins entweihte Dickicht halbe Schimmer.

Mädchen

Sie steht an der Ecke, schmal
Wie ein Tier,
Das den Schlächter braucht,
Es steht ein Laternenpfahl

Vor ihr,
Der singt und raucht –
Gas bleicht ihr Gesicht,
Das müd mit der roten
Schminke ringt
Und zur leeren Straße spricht
Und mit toten
Lippen winkt –
Nur Wolken und Autos jagen
Vorbei, Nacht schweigt
Sie an,
Und aus den Wagen
Und Wolken steigt
Für sie kein Mann –
Sie wartet gebückt,
Ihr Blick wird stier,
Die Stadt wird fahl,
Ein Betrunkener drückt
Vor ihr
Sich zärtlich an den Pfahl.

An G.

Nur Licht der roten Lampe ist mein Glühn,
Doch du, mit Lippen, die tief außen blühn
Im Kleid von Nachtgewitter übergrün,
Sieh – heute bin ich innen nur erleuchtet –

Ich halte still, in meinen Traum verirrt,
Von meinem angehäuften Wort verwirrt,
Ihr Finger auf und nieder schwebend sirrt
Nur um ein schweres Dickicht nebelumfeuchtet.

Und fühlt es nicht – ? Weil ihr so fühlend seid,
Nicht stumpf! Und perlte eure Zärtlichkeit
Nicht überzart bewußtlos aufgereiht:
Gestört durch mich – ihr würdet mich zerstören.

Ihr Kniee heimlich tanzend, zaghaft toll,
Und Schultern, deiner weichen Nerven voll,
O daß ihr mich auch liebt, indes ich denke, soll
Als eure reichste Schönheit mir gehören!

Mein Schatten regnet auf dein Feuerhaar,
Es löscht nicht aus, ich dunkle wie ich war,
Doch zwischen uns erhebt wie Freundschaft klar
Sich unser Werk aus meiner Stirne Chören.

Frau

Eine Maske, die von ihr die Stimme hat
Wie sie schmal ins Telephon klingt – und sich weitet,
Ruft herein in meines Kopfes laute Stadt,
Auch mit Augen blank wie ihre ausgebreitet:

Sei nicht liebevoll, sei gierig, sei nie matt!
Sei ein Körper, der die Körper brausend reitet,
Habe Menschen zu genießen niemals satt!
(Doch der böse Schrei klang hymnenhaft besaitet)

Schweigen kam und hielt, – summte weit und leer,
Als verspannten meine Drähte sich durch Meer
Und als stände eine Wartende ganz fern –

Aber plötzlich packte ich, ein riesiger Mann,
Hin und riß sie her und bog sie um – Doch dann
Küßte meine ihre Stirn wie einen Stern.

Eine Mutter: achtzig Jahre alt

Geliebte Mutter, was sind Tage, Jahre –
Denn wenn sie sich zum vollen Leben weiten,
Dann gilts. Wir feiern keine Ewigkeiten.
Die Zeit des Lebens ist das ewig Wahre.

Dein Leben ist es! Arbeitsames Schreiten
Und reines Ruhn. Im Schimmer deiner Haare
Glänzt deine Seele, alles menschlich Klare.
Aus milden reichst du bis zu wilden Zeiten.

Leis lächelst du im Sturm nun des Jahrhunderts,
So jung mit deinen Augen sanft und offen:
Daß du bezauberst, heut erst recht, wen wunderts!

Du, heiter wie ein Kind und doch so weise –
Ich, dein unweises Kind, bin tief betroffen,
Daß diese Welt nicht geht in deinem Gleise!

An die junge Gestalt

Für Carl v. B.

Die Welt ist nackt, so möchtest du auch sein!
Aufflammt sie rot, braust ozeanisch rein,
Steht wälderstolz, und so ist deine Seele.
Nur frei bist du noch nicht. O dich befrein!

Wer hängte dich so voll mit toten Stoffen?
Der Lehrer plumpes Heischen, niemals offen,
Der Leute Schielen, wenn du seltsam schwärmst,
Des Vaters Griff, der dein Gelenk getroffen.

Und auch dein Dornenschlaf! noch weich gebückt.
So sei mit großem Kusse ihm entrückt –
Du aber schweigst, du willst dich selbst erwecken,
Den eignen Mund auf deine Welt gedrückt.

So brich durch jene Mauer, die dich steinigt,
Send Atem aus, hol Sturm herein! blast, reinigt!
Verbrenn die Stadt der Fremden, die dich drückt,
– Und plötzlich mit der Sonne frei vereinigt.

Schlaf

Nacht, verschneit
Im Schneefall des Schlafes,
Bett gereiht
An Bett, voll schlaffer

Leiber – : leicht
Sind nun die Herzen,
Vom Munde reicht
Bis zu den Sternen

Ihr Atem, ihr
Sausender Atem,
Im Umschwung hier
Der Seele, wie Äther

Vom Mondgang schwingt,
Hauch steigt aus Kissen,
In Kissen sinkt
Hauch, – wie ein Friedhof

Auf und ab
Doch sich nicht heben
Kann, träumt Grab
An Grab vom Leben.

Nacht des Verbannten

Ich bin so wach, so sehr erregt,
Daß du mich hören mußt,
Wie dort im Turm die Glocke, schlägt
Das Herz in meiner Brust.
Die Nacht entblößt von jedem Schein,
Macht die Gedanken nackt,
Die Sehnsucht, die nicht schlummert ein,
Hält schmerzhaft mich gepackt.

Du bist nicht dieses Raumes Frau,
Unmenschlich fern von hier –
So weit ich aus dem Fenster schau,
Nur Sterne sind bei mir,
Es ist die ganze große Welt!
Doch du bist nicht darin,
Es ist ein dunkles Trümmerfeld,
Seit ich dein Mann nicht bin.

Die Augen sind mir wie verdorrt,
Kaum weint noch mein Gedicht,
Ich hör im Baum des Vogels Wort,
So klingt das meine nicht.
Wohl haben wir ein schönes Kind,
Es hat dich nicht versöhnt,
Und die nicht wirklich Eltern sind,
Bald sind sie wie entwöhnt.

So wach ich, auch vom Schlaf verbannt,
So wart ich oft – worauf?
Jetzt türmt sich deine harte Wand
Noch ungeheurer auf,
Gewaltzeit half dir, sie zu baun,
Der neuen Eiszeit Hand,
Lawinensturz, nicht aufzutaun,
Trennt alles von einand.

Doch drüber fliegt Erinnerung,
Wir waren uns so nah,
Viel Jahre lang zusammen jung
Und sind noch immer da.
Oft ists, als ob ein Flügelschlag
Mich dir zurückgesellt –
So hoff ich, wach, es kommt der Tag
Für uns wie für die Welt.

An Die von 1914

Wie sind zu Tänzern Bürger rings geworden!
Die langen Herzen kommen wild geflogen,
Die kühlen, von einander angezogen!
Es ist so heiß und rot wie nie im Norden.

Es trommeln bis zum Tod mit gleichem Schlage
Hinausgezogne auf erhöhten Knieen,
Die niemals Rätsel fühlten, nie aufschrieen,
Erstürmen hallend Lösung jeder Frage.

Warum bewegtet ihr euch nicht im Frieden
So außer euch, so ruhlos und so gerne!
Gekommen wäre niemals mehr der Krieg.

Doch lernt dies Feuer für den neuen Frieden,
Stürmt dann wie jetzt und ruft statt Hurra: Sterne!
Und opfert euch für Geist und seinen Sieg.

Das Herz

Vergessen lag das Herz in unsrer Brust,
Wie lange! ein Kiesel in des Willens Lust,
Nur mit den wasserkühlen spiegelnden Händen
Manchmal berührt, unbewußt.

Einsiedlerisch in sich geschweift, so klein
Und überflüssig dem verzerrten Stein
Der Bauten und des Geldes stählernem Throne,
Nie greifend in die spitzen Räder ein.

Doch seht, wie leiser die Maschine raucht,
Und endlich ist das Schneegebirg verbraucht,
Der kalte Strom wütet vorüber –
Denn glühend blüht das Land, das nun auftaucht,

Das Herz – das schmal wie eine Sonne brennt,
Doch Sterne nun nach seinen Strahlen nennt,
Das kleine Herz blickt unermeßlich
Aus seines offenen Hauptes Firmament!

O Stirn, das Zeichen dieses Herzens trag,
Und Nacht, steh heller auf von seinem Schlag!
Es faßt die breite Erde um – und über die Ränder
Der Welt hinaus strahlt er den Tag.

Die Friedensstadt

Die Nacht verdunkelt sich in tiefe Bäume,
Der Boden schwankt wie Schädel voller Träume,
Wir wandern langsam, wissen kaum, warum
Wir aufgebrochen sind, und harren stumm.

Wir haben paradiesisch lau gelebt,
In Wälder, Ebenen farblos eingeklebt,
Aus weiter Landschaft blickte jeder stille,
In ruhigen Körpern hauste klein der Wille.

Durch kleine Teiche schwammen unsre Pläne
Gleichgültig leicht und einsam wie die Schwäne.
Und zwischen uns kontaktlos Fernen lag
Weich Finsternis als ein gelähmter Tag.

Kein Herz, kein Blick, kein Kampf ward in ihr groß,
Aus Wurzeln stieg die Landschaft regungslos
In einen Schein des Friedens, leicht und dunkel
– Und plötzlich bebt sie hier und wird noch dunkler –

Steht auf mit tierischem Gefunkel – Hände
Voll Waffen drücken sich in unsre Hände,
Daß wir sie nehmen, aber drücken Wunden
In uns – umtrommelt rings, gepreßt, gebunden,

Gestoßen in den Geist wie ins Genick,
Ein Heer von Spähern dringt in unsern Blick,
Vollwächst mit unnatürlichen Gewalten
Der Wald, mit Mauern, die uns niederhalten:

Mit kahlem Steingesicht, unnahbar böse,
In seinen Händen gellendes Getöse,
Den Stahl im Munde und im Herzen stumm
Geht ein Gespenst durch Menschenreihen um.

Es schlägt, und funkenlose Schwärze stiebt,
Schon wird mein Herzschlag überdröhnt, zersiebt,
Zerstampft zu Dunkel und gesandt ins Nichts,
In Nacht hineingereiht – zum Mord des Lichts.

Doch plötzlich in dem allfeindseligen Land –
Mit wem zusammentastet meine Hand?
O – etwas mutigeres Weiterstrecken
Und dich bei mir und mich bei dir Entdecken!

Ein Herz blitzt hoch aus angerührten Fingern,
Gewalt sinkt weg, die grauen Wände schlingern,
O Freund –! Kaserne flieht um unser Raupt,
Um Schönheit, die sich plötzlich gleicht und glaubt!

Die Erde fällt, doch Geister sind noch da,
Um sie zu halten! Komm und bleibe nah,
In ihre Wüste werde eingetürmt
Die Friedensburg, die keiner wieder stürmt.

Aus Donnerspannung unsrer Hände bricht
Die Stadt! voll Stirnen, Himmeln, Wucht und Licht,
Der Kuß sich ewiglich umschlingender Straßen,
Die Glücklichkeit an Hellem ohne Maßen.

Die Sonne nimmt durch unsre Stadt den Flug!
Und nie ist ein Verräter dunkel genug,
Sich hinzuwühlen unter diesen Frieden,
Kein Winkel wird hier Waffen heimlich schmieden.

Dring weiter, Strahl der Stadt, in alle Reiche,
Wir speisen dich, wir tief im Geiste Gleiche,
Aus endloser Berührung brennt ein Meer
Hervor, zurück und heißer, höher her.

Du Friede, Kampf der Stadt! du roter Stern,
Mach über Krieg, Nacht, Kälte dich zum Herrn,
Von uns verbunden tiefer uns verbünde,
Geliebt und liebend leuchte und entzünde!

Sommer

Was an Frauen selten sich erfüllte,
Schenkt dies weiß in Wolken eingehüllte
Dunkel, das mich einsam glücklich macht,
Und ich feiere Liebesnacht
Mit dir, o Nacht.

Atme ganz dich ein, von Duft umschlungen,
Der mich traumhaft küßt mit Blumenzungen,
Einmal zeitvergessen! Park entlang,
Widerhallt auf meinen Gang
Verborgener Sang.

Alles nun erwidert auf mein Schweigen,
Stern ruft Stern, wenn kaum die Augen steigen,
Keine Frau war zärtlicher, und nie
War Begleitung innig wie
Die Melodie.

Jeder Schritt ist dicht von dir umlegen,
Tausend Brüste hebst du mir entgegen
Niemand kommt, und selbst kein Feuer wacht,
Und ich feiere Liebesnacht
Mit dir, o Nacht.

Europaflucht I (1938)

Ihr guten Europäer, verlasset nicht
Den unglücklichen Erdteil und haltet ihn
Mit aller Kraft an eure Herzen,
Zappelndes Kind, das die Teufel plagen.

Zerrißner Boden, ruhlose Geistgestalt,
Viel kleine Länder, zackige Ränder, scharf
Vom Ehrgeiz, doch auch groß an Schönheit –
Nun stürzt Gewalt sich auf unsre Wirrnis.

So kämpft um unsre Seele und Einigkeit,
Treibt aus den Dämon, reißt seine Hölle ein,
Wir lassen ihm nicht unsre Heimat –
Sterbe er so, daß Europa lebe!

Exodus 1940

In den Winkel einer Welt geworfen,
Jäh, vom Fußtritt eines dunklen Sieges,
Mit Millionen und allein geworfen
An die Ränder einer Welt des Krieges,

Mit der Flucht des ganzen Volkes fliehend,
Bis zum Fluß Loire – gesprengt die Brücken,
Durch den brückenlosen Wahnsinn ziehend,
Feuer vor uns, über uns, im Rücken,

Stolpernd über Stadt und Dorf in Scherben,
Durch das Juniland, zu Staub zerrieben,
Den Befehl im Ohr: hier sollst du sterben –
Immer noch den Wunsch im Sinn: zu lieben –

Hier, wo Liebe rings sich läßt zertreten,
Wo vorüberrast der Tank Geschichte,
Wo zur neuen Allmacht Bomben beten;
Schau ich über Flieger hin – zum Lichte –

Sonne! Irr im Kreis stockt meine Reise,
Du wirst leuchten auch im neuen Frieden,
Irrst dich nicht in deinem großen Kreise,
Leuchtest jedem neuen Krieg hienieden –

Fremde Sonne, laß mit dir noch sprechen,
Fern von allen allen mir Vertrauten,
Sonst will nichts das wilde Schweigen brechen,
Nur der Feind spricht hier in Mutterlauten.

Dennoch schwebt ein Atmen hier – ein Hallen –
Weither – nahe – sind es meine Lieben?
O die Flut in diesen Jahren allen
Hat uns von einander abgetrieben –

Diese Stimme – bin ich nicht alleine?
Sieh, wer sitzt, so streng mich überragend,
Dicht bei mir im Wald, auf meinem Steine,
Blickt mir in die Augen, machtvoll fragend:

Ich dein Schicksal – hallt es – will dich hören!
Nicht mehr sollst du einsam dich beklagen
Und den dunklen Gang der Zeit nicht stören
Und nicht wühlen in vergangnen Tagen.

Oft hast du dich selbst mit Krieg gepeinigt.
Endlich sollst du dich zu mir bekennen.
Steh mit mir und sink mit mir vereinigt,
Statt vor dir und mir davonzurennen.

Will das Unheil Alle von dir scheiden,
Mich nicht. Nimm mich wahr, dich aufzurichten,
Auch dein Ende aufrecht zu erleiden.
Jetzt mußt du dich finden und dich schlichten.

Jetzt dir selbst mußt du dich anvertrauen.
Kannst du diesem Netz dich nicht entwinden
Und die Deinen nicht mehr wiederschauen
Und dich nur noch mit dem Tod verbinden:

Nimm es an. Dein Schicksal, mich, umarmend
Wirst du Freunde und Familie küssen,
Und im Krieg in letzter Lust erwarmend
Fühlst du noch, wie gut es ist: zu müssen.

Ein Häftling schreibt

Du schreibst rasch vor dich hin,
Aus Angst, den Verstand zu verlieren,
Du schreibst und schreibst vor dich hin
Auf Toilettepapieren.

Du merkst kaum, was du meinst.
Einst liebtest du schreiben und lesen.
Du sagst schon immer: einst.
Das ist noch nicht lange gewesen.

Erinnerung peitscht dich zurück,
Weil hier die Stunden stehen.
Du findest zuviel Glück
Durch die Vergangenheit gehen.

Du schreibst vor lauter Angst,
Man nähme dir die Feder.
Wenn du sie hier verlangst,
So schreit nach ihr ein jeder.

Nur mühsam dringt sie herein.
Sie hat zwei Spitzen, die bocken,
Ein Splitter ihr hölzernes Bein,
Und die Tinte ist trocken.

Du stolperst übers Papier,
Um keine Zeit zu verlieren,
Es ist ein Ausflug von hier,
Sonst geht man wenig spazieren.

Du hältst überhaupt nicht mehr an,
Aus Angst, die Schrift zu vergessen –
Da sperrt ein Rachen, ein Mann,
Sich auf, dein Schreibzeug zu fressen.

Deine Hände sind nun leer.
Statt zu schreiben, kannst du noch singen.
Für den Wächter war es nicht schwer,
Tinte, Feder, Papier zu verschlingen.

Dich selber holt er nicht.
Du bleibst, nickst, leere Pagode.
Dich selber holt er nicht
Zum Leben oder zum Tode.

Trennungen in dieser Zeit

Was bleibt mir, wenn wir von einander scheiden?
Auch du siehst etwas bleich aus schwarzem Wagen,
Noch ein Mal zu mir her, von Qualm beschlagen –
Weiß winkt die Einsamkeit, ein bleibend Leiden.

Was lebt in mir, wenn wir Lebwohl uns sagen,
Verschiednen Tons? Die großen Räder schneiden
Bald die verschlungnen Hände durch, uns beiden,
Denn alle Uhren schlagen Abschied, schlagen –

Was denke ich? Hier endlich nicht mehr denke!
Denn alles schwebt – Minuten schön – Geschenke –
Es ist so schmerzlich gut, dich noch zu sehn.

Und du? Die fremde Welt kanns doch verstehn,
Daß auch die Männer manchmal weinen müssen,
Ja, sie erlaubt am Bahnhof, dich zu küssen.

Unser Sohn

Trifft uns bis ins Innerste die Zeit,
Wie ins Haus tropft dunkler Regen,
Hebt sich doch in heißer Dankbarkeit
Meine deiner Hand entgegen.

Denn in unser Dasein, arg verkürzt,
Brachtest du den schönen Jungen,
Der so frisch sich auf das Leben stürzt,
Wie ein Hammer hochgeschwungen.

Widerhallte doch sein guter Schlag
Nun in dir und mir, als Segen
Neuer Harmonie – es würde Tag
Mitten in dem dunklen Regen.

IV

»Die Freundschaft überlebt die Freunde«

Essays und Aufsätze

Alfred Wolfenstein

Geboren wurde ich an vielen Tagen. Wer dennoch das Licht der Welt nicht erblickte, kann im Dunkeln sein Leben nicht beschreiben. Daß ich mit sechs Jahren ins Gefängnis kam, später hinaus in den toten Wald eines Holzplatzes und wieder zurück zur Schule geschickt wurde (nur ein Beispiel für unseres Schicksals frühen Befehl: freut euch, ein Nichts mit dem andern vertauschen zu dürfen –); daß ich mich neu unter Jünglingen befand, deren Freundschaft die trübe Liebesfreiheit hinwegstrahlte, bis ein Jünglingmädchen erscheinen wird; daß ich von Leichtheit nach Paris, von Schwere zurück in die haltlose Mitte Europas und in jede Diaspora der Blut- und Geldwelt getrieben wurde; daß ich im südlichsten Deutschland die Geistglut unbekannter Arbeiter und dort auf der schnell versinkenden, seltsam hohen Insel den zur Ewigkeit fortleuchtenden, fortkeimenden Kampf traf, wo aus Versammlungen der Scheinrevolution wirkliche Stimmen, Stimmen aus dem Unbekannten laut wurden und gegen verfolgende Dummheit – Brüderlichkeit, diese Tagesphrase, einmal rührend sich verwirklichte und der Mord an zwei beseelten Männern aus dem Allgemeinen ins Herz schlug, als seien mir Väter gestorben: dies alles bleibt doch im Dunkeln. Denn es gibt nur die Lichter der Welt, die wir selbst entzünden. Biographie gibt es nicht; stumm vergewaltigt ist jedes Wort, das nicht gezeugt wird. Nur was ein Mensch formt, hat Sprache; um den Menschen zu formen! Das Werk. Niemand wird geboren, ehe nicht von ihm geboren wird. Er bleibt Gespenst, seine Geburt war kein Anfang, und der Tod hat da nichts zu beenden. Das ist unsere Sternenfreiheit – und des Scheinlebens gleichewige Gefahr. Aber der Gefahr spottet jede Dichtung und verkündet: Wir selbst bringen uns hervor! Zu unserem Grabe werden nur kommen, die unsere Gestalten nicht sehen.

Toast auf die Damen

bei einem gemütlichen Festessen in Berlin W pflichtgemäß ausgebracht

Sehr geehrte Anwesende, ich kann meinen Mund zu einem homogenen Lächeln veranlassen; meine Worte aber fallen ganz von selbst und unabhängig von meiner Zivilität ... entzündet von allzuviel Unehrlichkeiten ... leider wie folgt aus:

... Die Frauen ...!

Wenn man jung ist, *fühlt* man die Frauen. In späteren Lebensaltern besitzt man sie vielleicht, und es ist dann gleichgültiger: »wie sie sind«. Wenn man sie nur hat.

Aber in der Jugend wünschen wir ihnen Freiheit und Eigenart, – wünschen wir uns, ihre Persönlichkeit zu erfahren. Wir strengen uns wie Magneten an, sie mit den Spitzen ihres Wesens anzuziehn.

Mit Männern nämlich können wir uns nicht vereinigen. Männer gehen uns parallel: wir schneiden uns nur in der Unendlichkeit. Und die Sachen hienieden sind zwischen uns nur was das bedeutungslose Weiße zwischen Linien. Bloß mit den Frauen können wir uns berühren; sie allein könnten Empfindungen in uns erschaffen, könnten die Kühle unseres Bewusstseins anhauchen, lebendig machen, könnten den Weg zum irdischen Draußen öffnen.

Begierig also, in diesen Jahren, sie zu erkennen ... und voll Verzweiflung deine höchsten Hoffnungen auf sie setzend ...:

Was musst du zu deinem Schrecken sehn?
Daß den Frauen alles, was mit ihnen geschieht, egal ist. Noch den Frauen von heute, sehr geehrte Anwesende; ihrer großen Mehrheit. (Mehrheit aber ist das Schicksal; die wenigen, die anders sind, werden nie im Leben auf uns treffen.)
Sie sind den *Sachen* verwandt, sie nutzen sich an der Oberfläche ab, – sie wandeln sich innen nicht. Wenn sie sterben, scheint ihr Charakter noch genauso zu sein wie bei ihrer Geburt. Das Leben läuft wässrig durch sie hindurch wie durch ein dienstbares Sieb.
Sie haben nichts; Erlebnisse; sie fühlen sich jedesmal, daß etwas geschieht, nur umgestellt wie Einrichtungsstücke im Zimmer.
Nicht Weltfreude ist in ihren, sondern höchstens Spannung (»was wird wohl aus uns werden?«). Sie spüren nicht Hingebung, sondern ... Annahme, nicht Leidenschaftlichkeit, sondern unklare Aufgerührtheit. Kitzlich sind sie, nicht empfindlich. Sie haben keine Furcht, aber nicht aus Mut, sondern aus Bewußtlosigkeit. Sie sind immer guter Hoffnung, aber nicht aus Schaffenslust, sondern aus Leere (aus Mangel an Zweifel).
Und ihre »Scham« ist höchstens: Unbehagen über das männliche Pathos, das sich an so ... selbstverständlichen und (ihnen) wohlbekannten Dingen wie Busen, Knie, Taille entzündet. (Mit dieser einigermaßen »persönlichen« Scham steht in komischem Widerstreit deren gattungshafte Schwester, welche Sorge um die Erhaltung der Sinnlichkeit beim männlichen Geschlecht ist.)
Kurz: sie sind ohne Möglichkeit, wahnsinnig zu werden. Weil sie stumpfsinnig sind.

Mag eine Frau gesetzt werden wohin es sei: sie wird ihren Platz ... ausfüllen ... Sie weiß nicht, dass jede Stelle in der Welt sich nach den *Menschen* zu richten hat, nein, sie rückt sich nach der Welt und nach dem Manne zurecht, stopft sich in jede Lücke, liegt wie man sie gebettet hat. Auch feinere Naturen unter den Frauen ließen sich billig zu Arbeiten nötigen, die ihnen zuwider sind.
Dies wird als edle Selbstüberwindung, als Pflichttreue gepriesen, und man spricht (da ihre weichen Züge leichter ... unglücklich werden können) von den tiefen Leiden, die sie durchgemacht haben »müssen«.
Jedoch zur Selbstüberwindung gehört nicht nur eine Überwindende, sondern auch ein Selbst; Pflicht aber ist eine Einrichtung der Sklaverei.
Und sie sind die geborenen und überzeugten Sklaven, sehr geehrte Anwesende! Mögen die Staaten draußen immer freier werden – im Innern der Frauen besteht ewig Sklavenverfassung, die Verfassung der Pflicht.
Präambel: Pflicht zur *Existenz*. So sind denn weibliche Selbstmorde um so viel seltener als männliche wie es Adler weniger als Hühner gibt. Die paar Selbstmorde von Frauen haben zur Ursache (im Lokalen Teil) getäuschte Liebe. Schon den Geliebten höchstselber müssen sie verlieren, damit ihnen endlich die Zufriedenheit ausgeht.
Männer, manchmal, müssen sich töten, wenn sie ihren Stock verloren haben. – Und leben sie trotzdem weiter, so ist auch dies (»wieder«) Überempfindlichkeit für das Sein, Handeln von einer persönlichen Position, – nicht so ein sumpfiges Pflichtgefühl.
Und doch wird den Frauen das Sterben leichter als den Männern! Denn sie wissen so scharf nicht den fundamenta-

len Unterschied von Dasein und Totsein. Sie sind zwischen Geburt und Ende ebensosehr tot wie lebendig:
Weil ihnen nur das Wo, nicht das Woher und Wohin wichtig ist; weil sie dem Sinn des Lebens wohlgemut die Rückseite zuwenden (sie sind von allen Seiten Rückseite).
Sie reden Schleier um die Dinge der Welt, die der Mann mühsam zu entblößen sucht. Sie legen ... zärtlich ... Schleier um den Mann, die er auch noch durchdringen muß.
Von Frauen Philosophie erwarten und Verständnis für die eigene ... das ist wie auf der Stadtbahn hartnäckig in eine erste Klasse steigen wollen.
Und sie halten's, sehr geehrte Anwesenheit, von Herzen mit *Emanuel Geibels* schöner Konstatierung:
Ein ewig Rätsel ist das Leben,
Und ein Geheimnis bleibt der Tod.
... Es ist ihnen alles egal. Sie leben hoch ...!

Von der Dichtung der Juden

In dieser kleinen Abhandlung über Judentum und Dichtertum soll die Beziehung der zwischen den beiden Seiten des Themas in der Weise betrachtet werden, daß aus den Zusammenhängen und Gegensätzen zwischen ihnen ein neues Licht auf beide fällt. Es kommt hier darauf an, daß die Dichtung, die von Juden stammt, in ihrem künstlerischen Wesen, durch die Konfrontierung mit jüdischem Wesen, sich von einer neuen Seite darstelle und daß zugleich eine *Charakterologie des Judentums aus seinem Schaffen*, aus dem Geist seiner Schaffenden entstehe. Solche Gegenüberstellungen jüdischen Wesens und allgemeinen menschlichen

Werks sind heute wohl notwendiger und aufschlußreicher als Untersuchungen absoluter Art.
Vielleicht erscheint es ein wenig seltsam, in einer vollständig politisierten Welt von Lyrik zu sprechen. Aber wie der Tod der großen lyrischen Gestalt Stefan Georges, dessen unsichtbares Leben doch wie eine sichtbare Herrschaft wirkte, uns in unerwartetem Maße ergriffen hat, so würde der Tod des Gedichtes überhaupt die betroffene Menschheit mit jeher Leerheit erschrecken. Freilich, der Sinn der Zeitgenossen ist auf Macht gestellt, und gibt es etwas Ohnmächtigeres als die lyrische Dichtung? Wenn man diese Frage ausspricht, so liegt darin nur eine scheinbare Bescheidenheit. In Wahrheit verbirgt sich dahinter die fast überhebliche Antwort: wer die Notwendigkeit des Gedichtes für unser Leben, wer seinen Einfluß auf unser Leben leugnet, der zweifelt an der Wirksamkeit und Schönheit des menschlichen Geistes an sich. Es ist sonderbar, daß auch die feiner Besaiteten in zynischer Selbstverleugnung manchmal begeistert zustimmen, wenn man die Kunst für eine Schwächung der Vitalität erklärt. Gerade die Dichter haben in Wahrheit das Leben nie vergessen, und der jüdische Dichter hat gesungen: »Es wächst auf Erden Brot genug / Für alle Menschenkinder!« Ein menschenwürdiges Dasein ist der richtige Boden für die Dichtung, und diesen Boden will sie selbst mitschaffen, es gehört zu ihrer Mission.
Wenn dies soziale Element der Kunst, insbesondere der Wortkunst, zu ihren wesentlichen Eigenschaften zählt, so ist damit schon eine enge Beziehung zwischen Judentum und Dichtung mit einem vollen Akkord angeschlagen. Der Jude sucht seit zweitausend Jahren (man könnte diese Zahl auch verdoppeln) Boden unter seinen Füßen und seine Dau-

er als Volk. Er sucht seine Heimat auf allen Wegen, mit allen Mitteln, – wie sollte er nicht auch das Mittel der Kunst in den Dienst dieser jenseitigen und diesseitigen Sehnsucht stellen? Sie erweitert sich ins Allgemeine, und von diesem persönlichen Schicksal bewegt, kreist die jüdische Dichtung mit Vorliebe um die Fragen und Ereignisse menschlicher Gemeinschaft. Tatsächlich hat das entgegengesetzte Element, das snobistische oder artistische oder auch rein ästhetische, bei den jüdischen Dichtern sehr wenig Vertreter gefunden. Man müßte das eigentlich bewundern, denn diese Verlockung hätte für die Geistigen eines zerstreuten Volkes recht nahe gelegen: sich in die Kunst an sich zurückzuziehen und in ihr einen abseitigen Trost und eine eigene Heimat zu sehen. Es hätte sogar die Gefahr bestanden, daß dieser als geschäftsmännisch verschriene Jude durch sein abenteuerliches Geschick ein absoluter Romantiker geworden wäre, daß er zwischen sich und dem »absoluten Poeten« eine übergroße Ähnlichkeit entdeckt und den Begriff Jude förmlich dem Begriff Dichter gleichgesetzt hätte.
Denn sehen wir uns das Wesen und das Schicksal des Dichters an: Er ist der unter die Völker Zerstreute, von einer gewissen Isoliertheit umwittert. Seine poetische Diaspora ist eine Tatsache, die nicht nur für den Weltschmerz zur Zeit Byrons gilt, sondern auch noch für unser realistisches Jahrhundert. Das Bewußtsein, unter Freunden zu wohnen, denen er sich doch liebevoll zugehörig fühlt, das doppelte Bewußtsein eines fernen und zugleich nahen Zions, nämlich einer idealen und einer realen Aufgabe, ist jedem Dichter bekannt. Die Menschen, auf die er wirkt, eignen sich sein Werk, seine Schrift an und übertragen sie in ihre Welt. Ihn selbst und seinesgleichen betrachten und behandeln sie mit

weniger günstigen Empfindungen; der Dichter lebt stets in einer Art Ghetto, während sein Geist sich das weiteste Land schafft. Aber der Staat nimmt Besitz von diesem Lande, von diesem Werk, er verändert es, ordnet es seinen Einrichtungen ein. Sein Bestreben ist darauf gerichtet, daß die dichterische Schöpfung ohne Zeichen ihrer Herkunft, ohne Berücksichtigung ihres Urhebers möglichst unpersönlich mit seinen Institutionen und seiner alltäglichen Sprache verschmolzen wird. Man sträubt sich dagegen, diese Errungenschaften, deren Substanz man überall in Kultur und Zivilisation eingefügt findet, jenen Besessenen, die man Künstler nennt, Personen von so dunkler Beschaffenheit zuschreiben zu müssen. Sind sie tot und ruhig überblickbar, dann pilgert man gern, ja mit Verehrung zu ihrem heiligen Grabe. Auf die lebenden Dichter überträgt sich diese Begeisterung nicht. Ihre Leistung wird genommen, ihr Dasein abgelehnt, wie der Großinquisitor bei Dostojewski, der Verwalter des Werkes Jesu, diesen selbst erschrocken wegstößt, als er ihm lebendig begegnet.
So ergeht es dem Dichter, – und so ergeht es dem Juden. Wenn es dem Dichter so ergeht, dann wird er diesen Unterschied zwischen der Wirkung seines Werkes und seiner persönlichen Behandlung immerhin als ein immanentes Schicksal des Künstlertums selbst empfinden. Wie aber soll der Jude, wenn er nicht Dichter ist, ganz allgemein ein so *dichterisches Schicksal* ertragen? Und wenn er Dichter ist, fühlt er dies allgemeine Schicksal seiner Gemeinschaft auf bittere Art verdoppelt. Jeder Tätige will sich mit seinem Werk auch eine Wirklichkeit schaffen, die Atmosphäre, in der er bei seiner Arbeit, nach seiner Arbeit atmen kann. Der Jude mußte diese auch in den verflossenen hundert Jahren

seit seiner scheinbaren Befreiung noch allzusehr entbehren. Seine Leistungen wurden nicht zugleich seine Ehrungen, seine Erfolge führten nicht zur Macht, seine Hilfe errang ihm keine zusammenhängende Liebe, seine Schwungkraft kein Vaterland. Die Person des Juden bleibt bestenfalls übersehen, der Anklang, den er finden müßte, wendet sich andern zu, als verhexe ihn E. T. A. Hoffmanns Klein-Zaches. Sein Gedanke geht seiner Seele verloren, die Wirkung, die Wirklichkeit selbst wird ihm fortgekauft wie dem Maler das Bild. Man findet dieses künstlerische Schicksal des Juden interessant; es ist in Wahrheit eine furchtbare Gefahr, bedrohlich für sein Leben und die Lebendigkeit seines Schaffens.

Gegen diese Verkürzung der vitalen Gemeinschaft mit der Menschheit erhebt sich der tiefste Protest des jüdischen Dichters. Der Jude ist von Natur ein soziales Wesen. Die Beschränkung, die Abschnürung steigert diesen Drang zum Sturm. Seine Sehnsucht, sich an sozialen Bewegungen zu beteiligen, schwingt von einer Gestalt wie etwa dem Fürsten Reubeni bis hin zu einer Persönlichkeit wie Disreali, von phantastischem Anschluß an die christlichen Kreuzzüge bis zum Einfluß der Arbeiterbewegung. Wo der Jude innerhalb der Völkergrenzen nicht seine volle Heimat finden darf, wählt er sich, mit dem engsten Ghetto im Rücken, das weiteste Feld, die ganze Menschheit. Aber diese Erklärung soll nur die besondere Schärfe und Innigkeit des Tones deuten, der die soziale Musik des jüdischen Dichters durchzieht. In der Substanz des Juden war die Verbundenheit mit den Menschen schon immer, vor der Zerstreuung, in starken Keimen vorhanden.

Wir müssen, zumal für unsere Zeit, den Umstand beachten, daß dieser soziale Drang den Juden infolge des angedeuteten

Mangels an Wirklichkeit leichter zum Dichter als zum *Führer* macht. Das Natürliche wäre, daß aus seiner Volkskraft beide Berufe und Berufungen zwanglos hervortreten könnten. Aber die Berufsschichtung spielt sich hier nicht wie bei anderen Menschenarten ab. Unter anderen Verhältnissen würden Führer entstehen, während hier notgedrungen die Mittel des Dichters näher liegen und freier zu verwenden sind. Für das Schrifttum ist ein Publikum und ein Volk vorhanden, für die Tätigkeit in höheren Bezirken nicht. Bei Theodor Herzl zwar, der sich nur an sein Volk wandte, griffen Traum und Wirklichkeit ineinander. Sonst aber stellen sich Führer wie Mendelssohn, Lassalle, Gambetta, Disreali, Rathenau, soweit sie sich als Juden fühlen, eher als Dichter denn als Führer dar. Landauer dachte vielleicht an diesen Typ, als er davon sprach, daß es »Dichter im Lebendigen« gäbe. Es konnten wohl Führer auftreten, die aus der Diaspora herausleiteten, Moses aus Ägypten, Esra aus Babylon, Herzl aus Europa heraus. Aber innerhalb der Diaspora taucht auffallend der Dichter an der Stelle des Führers auf. Wenn das im Innern und Äußern unsicher begründete Führertum die Gestalt des Künstlers annimmt, wird die Kunst einen Zuwachs erhalten, aber nicht immer das Leben. Es werden dann notwendige Grenzen und fruchtbare Spannungen verwischt. Ich meine, dies Element im jüdischen Dichter der letzten Zeiten, daß in seinem Schöpfertum auch ein Ersatz für das Führertum liegt, kann sich nach der dichterischen Seite sehr eigenartig und kraftvoll auswirken. Aber nach der politischen Seite bedeutet es einen Ausfall. Denn man darf nicht vergessen, daß auch der politische Dichter, den man seit Beginn der revolutionären Zeit so oft gefordert und gefördert hat, kein eigentlicher Führer sein kann. Die Kunst ist immer zu einem guten Teil Verführung. Die Gestalt, die sie einer Sache verleiht, der Reiz, den sie für ein Ziel sprechen läßt, der Umweg der Form, das alles ist hier der unvermeidliche und nicht zu durchkreuzende Weg zum Geheimnis wie zur Wirklichkeit. Daß in der Kunst weder der gute Wille noch der ethische Gehalt noch die Stärke des Stoffes und der Tendenz entscheidet, sondern all das nur verbunden mit dem schöpferischen Zauber der künstlerischen Ausdrucksmittel, diese Tatsache macht den politischen Dichter zu einem Zwitterwesen, wenn er nicht voller Dichter ist.

Politische Dichtung, die keine Kunst ist, richtet auch bei bester Gesinnung nur Schaden für die eigene Sache an. Politische Sprache nimmt ihre Form vom Zwecke her, sie muß Dinge und Massen so unmittelbar wie möglich in Bewegung setzen. Kunst dagegen gewinnt ihr Publikum nur, wenn sie scheinbar nicht fürs Publikum schreibt. Politiker, die in der Üppigkeit einer schönen oder im Funkeln einer zugespitzten Sprache schwelgen, oder Dichter, die ihrem Werke ein tendenziös praktisches Ziel setzen, werden sich bald wie die Schildbürger in ihren eigenen Beinen nicht mehr auskennen. Ein Werk ist kein Marsch. Es ist allerdings richtig, daß Kunstwerke gleich Taten wirken können. Wenn Figaro den Aristokraten zuruft: »Was habt ihr denn für die Welt gearbeitet? Ihr habt euch die Mühe gegeben, geboren zu werden, das ist alles!«, so bereitet hier ein Lustspiel die Atmosphäre der Revolution vor. Büchners »Woyzek« oder Hauptmanns »Weber« oder Heines »Weberlied« werden immer wieder die Empörung der Armen und Erniedrigten als zündende Funken in die Menschheit werfen. Die Dichter haben sich auch gedrungen gefühlt, unmittelbare Taten zu vollbringen; das Schreiben hat ihnen manchmal nicht genügt und sie wollten die gleiche Phantasie wie auf dem Papier auch in der Realität beweisen: Byron, der eine Flotte zur Befreiung Griechenlands ausrüstet; Cervantes, der noch vor seinem Don Quijote an ein phantastisches Unternehmen zur Befreiung aller gefangenen Sklaven Afrikas geht; Shelley, der nicht weniger donquijotesk ein Mädchen heiratet, nur um sie aus der Tyrannei ihrer Familie zu befreien; Rimbaud, der mit achtzehn Jahren zu dichten aufhört, die Kunst für eine Dummheit erklärt, Arbeiter in der ganzen Welt und Karawanenführer wird; Herwegh, der 1848 mit einem bewaffneten Arbeiterheer vorstößt; Walt Whitman, der Samariter im Sezessionskrieg: sie haben die Romantik ihres Poetentums in unmittelbare Aktivität umzuwandeln versucht, aus übervollem Herzen, aus übervoller Vorstellungskraft. Doch es ist bezeichnend, daß unter ihnen kein Jude ist, denn jene wollten aus Dichtern zu Tätern werden, während der Jude das Dichtertum an die Stelle des Führertums setzt. Wenn sich in jenen Taten der Dichter der große menschliche Hang zur Gemeinschaft offenbart, so wird doch dieses immer wieder versinkende und neu zu gewinnende Ziel am besten auf klar geschiedenen Wegen erreicht. Gerade der Jude mit seinem reinlich kritischen Sinn muß dies erkennen. Doch seine Lage und Anlage macht ihn die Befolgung seiner Erkenntnis ausnehmend schwer. Zu seinem Unheil läßt sich der Jude allzu häufig auf die Zwischenstufen der Wirkung drängen. Mag die Kunst auch an der Veränderung der Welt für die Zukunft mitarbeiten, – sie hat es nicht nötig, so lange zu warten. Es ist ihr großes Glück und Geheimnis, daß sie auf der Stelle Gemeinschaft erzeugt. Die Zuschauer im Theater, die Zuhörer im Konzertsaal werden durch das Werk, das sie sehen und hören, zu einer wunderbaren Gesamtheit verschmolzen. Der Kampf ums Dasein weicht einer gemeinsamen Erlösung, die Zerrissenheit in tausend Gegensätze wird durch Brücken ohne Willkür aufgehoben. Aber auch der einsame Leser eines Buches oder der Betrachter eines Bildes wird auf dem Wege über die Gestalten des Romans oder selbst durch die in Farben ausgedrückte Empfindung ganz allgemein und schon in voller Gegenwart mit der Menschheit vereint. Der Jude muß diesem Wunder der Kunst, zumal der Dichtung und Musik, besonders nahe stehen. Denn er ist ein Fanatiker der Einheit, und er liebt es nicht, auf die Erfüllung seiner Träume zu warten. Die rasche Vereinigung, die durch die Kunst geschaffen wird, scheint zwar, wie Spötter bemerken könnten, schon auf der Straße vor dem Theater oder in der Konzertgarderobe zu enden. Doch die Erinnerung nicht nur an die A-dur-Symphonie, auch an die symphonische Verbundenheit einer Menschenversammlung beweist uns die Übereinstimmung der Schläge unserer Herzen bei Beethovens Paukenschlägen. Das Ereignis eines solchen gemeinsamen inneren Echos bleibt unwillkürlich in uns haften und wird auf Umwegen immer wieder im Leben hervortreten. Mit idealem und vitalem Stachel wird es sein Teil dazu beitragen, daß das Ringen um die wirkliche Gemeinschaft der Menschen nicht aufhört.

Mit dem sozialen Trieb und Bedürfnis des Juden, des jüdischen Dichters, steht seine ursprüngliche religiöse Natur im Einklang. Es ist kein Zufall, daß seine Heilige Schrift zugleich eine große Dichtung darstellt. Es ist kein Zufall, daß die Zahl der jüdischen Geister, die zu Märtyrern wurden, so bedeutend ist. Das Leben zu formen wie der Künstler, das Leben zu sterben wie der Märtyrer: dem geistigen Juden liegt beides näher als die cäsarische, hannibalische, napoleonische Führerschaft der nackten Tat. Der Märtyrer ist der leidende Führer, sein Tod vollendet und erleuchtet erst seine Wirksamkeit. Der Dichter und der Märtyrer sind Blutsverwandte; der Tod ist die Dichtung des Märtyrers. Der Jude, der so innig am Leben hängt, aber als Volk so schwer zum Leben gelangen kann, gewinnt sich im Opfertode das größte Volk der Erde, die Menschheit. Daß er die Verwirklichung nicht selbst vollenden soll, erscheint wie ein mythisches Los: Moses, der auf seinen menschlichen Willen einmal mehr als auf den göttlichen gehört hat, muß vor dem Einzug ins Gelobte Land auf dem Gipfel sterben. Auch der große Künstler erlebt die wahre Wirkung seiner Arbeit nicht mehr ganz, doch immerhin viel von ihrer gemeinschaftsbildenden Kraft. Er ist innerhalb seines Schaffens unabhängig, er ist der menschliche Schöpfer. Seine Schöpfung ist ganz für den Menschen bestimmt, und dies ist eine ausgesprochen jüdische Tendenz. Das Wort insbesondere, die Sprache, das Ausdrucksmittel der Kunst und zugleich des Lebens, stellt sich dem Juden als die stärkste Möglichkeit dar, aus der Einsamkeit heraus eine zusammenhängende Welt zu schaffen, welche besagt: Es ist nicht gut, daß der Mensch allein sei. Der Jude ist in solchem Maße ein soziales Wesen, daß der jüdische Dichter, wenn er etwa auf eine wüste Insel verschlagen würde, mit der Gewißheit, daß seine Verse nie wieder zu Menschen gelangen könnten, seine Fruchtbarkeit bald einbüßen würde. Das »Ich singe wie der Vogel singt« ist nicht seine Stärke; seine Stärke liegt immer in der Verbindung mit dem Menschen, sofern sie nicht in der Verbindung mit Gott liegt. Es wäre allerdings ein banales Mißverständnis, dies so auszulegen, als schreibe er um des Publikums willen. Aber die Verbindung mit dem Empfangenen ist ein immanentes

Element seiner Kunst und Kunstauffassung; der Quell will von vornherein in den Strom der Menschen einmünden. Am dunklen Ursprung des Gedichts wirkt schon die absichtslose Erleuchtung mit, daß andere auf der Erde sind, die es empfangen werden. Diese Tatsache kommt im ganzen Wesen des Kunstwerks zum Vorschein, nicht nur in der Stoffwahl, die man mit Recht bereits als eine ethische Handlung bezeichnet hat, sondern auch in der Form des Werkes und in seinem Geist bis in die letzte Spitze innerer Gläubigkeit. Deutlich unterscheidet sich hier der Künstler vom Religionsstifter und vom Staatsmann. Der Sinn der Kunst deckt sich nicht mit der Welt der Zwecke, aber auch nicht mit dem Himmel der Frommen, so daß die Kunst, neben ihrem religiösen Gesicht, sogar das Aussehen einer Gegengöttlichkeit annehmen kann. Dieses Reich zwischen Himmel und Erde wird von seltsamen Engeln durchflogen, Boten ihrer eigenen Sendung, beflügelt von sich. Ob der Genius als Satan oder Michael, abgründig oder sonnenhaft wirken wird, in welchem Maße die Führung der Menschen durch ihn auf Wegen der Verführung vor sich gehen wird, das scheint nicht allein von seinem persönlichen Gut oder Böse abzuhängen; sondern seine Kunst, dieses Radium des Geistes, strahlt als Werk eigene Wirkungen aus. Er kann mit scheinbar höllischen Flammen erquicken, und wie er sich selbst von Verzweiflung und Untergang durch Gestaltung seiner Leiden erlösen kann, so rettet er auch die anderen.

Diese gleichzeitige und fast gleiche Nähe zu sich selbst und zu den Anderen ist eine besondere Eigenschaft des Juden. Man kann das Bibelwort »Liebe deinen Nächsten wie dich selbst« auch zum Motto der Künstler umwandeln: »Forme deinen Nächsten wie dich selbst.« Der Künstler braucht die

Welt, mit all ihren Horizonten, mit all ihren Freiheiten. So braucht sie auch der jüdische Dichter – und auf die Bedeutung der Freiheit für sein Werk will auch alles bisher Gesagte hindeuten. Als der Jude das Ghetto verließ, trat er hinaus in ein überwältigendes Gebirge der Anderen, das doch von so vielen seiner eigenen Ströme durchflossen wurde. Er mußte sich das Geschenk einer Zivilisation machen lassen, in der man ohne ihn das Pulver erfunden hatte. Immerhin war sein Geist an dem westöstlichen Glauben, der Europa beherrschte, von altersher beteiligt, und an der Wirtschaft hatte er schon aus seiner Verborgenheit überall mitgearbeitet. Nur Dichter war er nicht mehr gewesen, außer in wenigen Epochen in wenigen Ländern. Vor diesem Stand der Schöpfung und seiner eigenen Schaffenskraft mußte ihn zugleich Befangenheit und überschwängliche Bereitschaft erfassen. Und dieses einzige Jahrhundert, das seitdem verflossen ist, hat seine geteilte Haltung noch nicht wandeln können; heute erkennen wir ihr Ergebnis, während sich die Lawine des Schicksals über uns herabwälzt. Nebeneinander haben diese hundert Jahre gewaltige und problematische Werke und Taten der Juden erzeugt. Die Gesellschaft der Menschen grüßte ihn fremd, und er kann die Verlegenheit seiner Seele nicht durch das zuhauende Schwert auflösen. Stattdessen griff er zum Wort. Ihm fehlt in der Regel das Abenteuertum, das die Schultern schüttelnd einfach mit der vorliegenden Gegenwart anfängt. Die leibhaftige Unbekümmertheit des Condottiere kann eine Niederlage durch einen Sieg wettmachen: der Jude will auch sein altes Schicksal nicht lassen, es segnete ihn denn. Er will zugleich das neueste aller Schicksale haben, und wenn die bestehende Welt ihn nicht willkommen heißt, wird er sie zu verwandeln suchen, freilich nicht

nach seinem Bilde, sondern nach dem, das er in seinem die Menschheit liebenden Herzen trägt.
Wenn wir mit allem bisher über den Juden Gesagten vom jüdischen Dichter sprachen, so werden die angedeuteten Wesenszüge ihre besondere Bestätigung erhalten, wenn sie sich in der lyrischen Dichtung des Juden wiederfinden. Denn Lyrik ist die unmittelbarste Kunstform mit den Mitteln der Sprache, und wenn auch hier die Eigenschaften des jüdischen Menschen bis zur letzten Tendenz sich in Gestaltung ausdrücken, so ist damit der beste Beweis für ihre Existenz und Stärke erbracht. Die lyrische Dichtung wird immer die ursprünglichste aller Künste des Menschengeschlechts bleiben. Aus dem ersten Aufschrei, dem ersten Gebet hat sie ihre Entwicklung genommen. Sie ist auch heute noch der Aufschrei und das Gebet unter den Dichtungen. Das innerste Ich äußert sich in ihrem Klang; in der gelösten Stimmung des Lyrikers setzt sich das Wesen des Menschen in so nahe Beziehung zur Umwelt, daß Shelley sagen konnte, Landschaft sei ein Seelenzustand. Die Seele, der Charakter, der Wille des Juden ist am tiefsten aus seiner lyrischen Dichtung abzulesen.

Freundschaft

Freundschaft ist unsere unsterbliche Fähigkeit. So offenbart sie sich uns nach dem Verlust der vielen Freunde. Mit gewaltiger Lebendigkeit steigt sie empor, und ihr Flug läßt selbst die Liebe unter sich zurück.
Die Freundschaft überlebt die Freunde. Denn ihr Blick aus der Höhe umfaßt das unsterbliche Menschenall und ihr Sinn ist die Erneuerung. Sie ist nicht abhängig wie die Liebe

vom Geliebten, deren Schicksal mit seinem Tode besiegelt ist. Die Sendung der Freundschaft kennt keinen Tod. Denn rings dauern Menschen! Sie ist mehr als ein Erlebnis: ein unerschöpfliches Element; verschworen keiner Person, sondern dem Geheimnis des Menschentums selbst; nicht Liebe zum Mann oder zur Frau, sondern zum Menschen.

Sie entspringt aus jenem natürlichsten und seltsamsten Bewußtsein: Ich bin in der Welt nicht allein, – nicht nur Gott, auch der andere Mensch umgibt mich. Dieses Gefühl des Anderen – brachte den Mord auf die Welt und müßte die gewaltigste Lebendigkeit bringen. Aber der Verbrecher erträgt es nicht, seine Phantasie sucht die Wüste, sich selbst allein; die Fülle der Menschen auf der Erde reizt nur seine Waffe und zeugt in ihm die eingeengte Angst und um sich schlagende Kriegswut –: Uns aber ist der Bruder nicht geboren, damit wir ihn töten; wir lassen es nicht ihn büßen, wenn unser Opferrauch nicht in den Himmel reicht.

Klarere Freiheit zu dieser Erkenntnis verdanken wir dem Kerker des Weltkriegs, feurige Erregung dem Gleichmut der Verwüstenden, Steigerung der Freundschaft dem grenzenlosen Verlust. In jedem ist sie. Es gilt, sie einander sichtbar zu machen.

Seht die Gefahr, in der wir schweben. Der Krieg ließ die Menschen als Opfer habsüchtiger Frieden dienen. Jetzt will uns die Gegenwart als Kanonenfutter der Zukunft opfern. Der Mechanismus der Zeit rollt weiter, noch von der alten Gewalt aufgezogen, – einem anderen Ziele zugedreht. Starr auf Ziele gerichtete Augen, zerschmetternd in die Zukunft gerichtete Räder: Vergessen des Lebens!

Kein Geschlecht aber darf um seine Lebenszeit betrogen werden. Es ist eine gottlose Auffassung, als sei irgendein

Mensch um der Zukunft willen da. Jedes Zeitalter muß beides zu vereinigen wagen: erfüllte Zukunft und erfüllende Gegenwart. So überwölbt sich das Fortschreiten der Geschlechter mit einem Himmel, der jedem gleich strahlt, daß keine Zeit, im absoluten Wert ihres Lebens, eine frühere oder spätere zu beneiden hat.

Wohl wirken in uns auch die vergangenen Menschen mit, keiner ist verloren, und wir leben auch für die kommenden. Aber ebenso nah wie ihre Unsterblichkeit berührt uns die Lebendigkeit unserer Mitgeborenen. Wie der Geisterzug der Gewesenen und Künftigen in grenzenloser Säule emporsteigt und gleichsam eine vertikale Unendlichkeit bildet, durch die die Menschheit in alle Tiefen und Höhen reicht: so ist auch die Menschheit jeder Gegenwart eine Unendlichkeit, durch die sie über alle Breiten ihrer Erde sich erstreckt und in lebendiger Ebene jenen geisterhaften Zug durchschneidet. Dieses bluterfüllte Nebeneinander, diese horizontale Unendlichkeit, dies Leben ist der Ort, um nicht nur Geist der Zukunft zu sein.

Oft mußte das Jahrhundert angerufen werden: sei geistig! Nun scheint es diese Mahnung in unverbesserlicher Seelenlosigkeit so aufzufassen, als könne man geistig für die Zukunft sein, indem man die Gegenwart materialisiert. Niemals aber wird ein Bau aus Gebirge entstehen! Wer sich nicht zuvor zum Menschen *formt,* wird niemals Menschliches erzeugen. Institutionen zeugen nicht wie menschliche Ursprünglichkeit. Wer aber selbst zum Menschen wird, erringt auch die hohe Selbstverständlichkeit, die Welt einrichten zu können! Und sein Leben geht nicht für den Zukunftsschein vorüber.

Freundschaft ist die große Möglichkeit, beides zu erfüllen. Sie ist der Kreuzungspunkt jener geistigen und jener leben-

digen Unendlichkeit. Genuß und selbstlose Begeisterung, Freude am nahen Menschen und schaffende Zukunftskraft entspringen ihr zugleich. Sie dient dem Weltgeist voller noch als die Liebe; denn ihr Schöpfertum schmilzt nicht weich hin. Der feste und grüne Berg zwischen dem weichen Strom der Liebe und der Wüste der Einsamkeit ist sie. Die Erhebung der Welt in die Sphären.
Erde und Himmel ist sie vereint. Ihr Geist setzt seine Wirkung durch die Generationen fort: So ist im Freunde der Sohn enthalten. Ihre Zuneigung tut ihre Wirkung unter den Mitgeborenen: Das ist im Freunde das Brüderliche.
Freundschaft ist die Rettung unseres Lebens: Erinnerung des Menschen! Beseelung, Verewigung der Gegenwart. Laßt uns ihrer bewußt werden.
Laßt uns einander die Hände reichen und eine unzerbrechliche Kette um die Welt ziehen, die alle in ihre wissende Kraft einschließt und aus Gefangenen der Länder Gefangene nur der *Schöpfung* macht: Bewegung der Freundschaft, fromme, stürmische, klingende Bewegung, gewaltigste Erinnerung, deren Rufe sich von niemandem überhören lassen!

Die Gefährlichkeit des Buches

Der zehnte Mai ist ein Ehrentag für das Buch. An diesem Tage der Verbrennung des Buches hat ein Propagandaministerium zu Berlin ihm eine ewige Lichtreklame geschaffen. Überlegen wir uns den tieferen Grund für jenen Scheiterhaufen, den man vor sechs Jahren auf dem Opernplatz errichtete, so kommen wir zu der Antwort: Es war nicht nur die Gefährlichkeit des Inhalts, es war das Buch an sich, das

man verfolgte und verbrannte, als eine verdächtige, vornehme, unabhängige Form der menschlichen Äußerung. Damit verhält es sich ebenso wie mit den lebendigen Menschen selbst, die man einstmals auf den Scheiterhaufen stellte. Jean d'Arc, Jan Hus, Savonarola oder Giordano Bruno, die Christen im alten Rom oder die Juden im alten Spanien – sie wurden verbrannt, weil man in ihnen die mutige, freie, selbständige Persönlichkeit an sich in Asche legen wollte.
Aber man wird (das ist die List der Idee) das Gegenteil erreichen. Der Flammentod hat geheimnisvollere Kraft als jede andere Art der Zerstörung, um unsterblich zu machen. Er hebt nicht nur mit feurigen Armen zum Himmel empor: auf der Erde bleibt er ein helles Fanal. So steht es auch um den Flammentod des Buches – ein Buch ist ein Mensch, nach Walt Whitman. Gewiß hätte man noch lieber die Verfasser persönlich verbrannt. Ich will keinen unserer Freunde mit Namen anführen: aber das Autodafé wäre manchem Autor eines Berliner Romans oder einer dramatischen Wandlung oder freiheitlichen Lebensbeschreibung gern zugedacht gewesen. Selbst Lyriker würde man nicht schonen, damit niemand wieder, nicht einmal durch Reime, mit einer Loreley Rassenschande treiben könnte. Hat nicht eine anderer von ihnen das Lebendige gepriesen, das nach Flammentod sich sehnet? Sie könnten ihn haben; noch besser als die Zensur erstickt der Rauch die Sprache des Dichters.
Bisher jedoch hat man nicht die Schriftsteller, nur die Schriften verbrannt. Obendrein wußten die akademischen Veranstalter, daß, seit der Feuersbrunst in der alexandrinischen Bibliothek, Johann Gutenberg leider dafür gesorgt hat, daß von jedem Werk mehr als ein Exemplar vorhanden ist. Die Verbrennung war nur ein symbolischer Akt – aber gerade

in dieser Eigenschaft schlägt sie so deutlich nach der entgegengesetzten Seite aus. Sie offenbart mit Symbolkraft die Bedrohlichkeit des Buches für Gewalthaber.
Denn das Buch besitzt, als Publikationsform, die seltsame Fähigkeit, den Schreibenden zu einer gewissen vornehmeren Haltung zu zwingen. Hier kann nicht genauer untersucht werden, woher diese sonderbare und heute peinliche Eigenschaft kommt. Tatsache ist, daß Nationalsozialisten sogar ein nationalsozialistisches Buch nicht als so total nationalsozialistisch empfinden können. Diese notwendigerweise geschlossene, gerundete Form liegt immer etwas abseits – abseits von sämtlichen ureigenen Äußerungsformen des Nationalsozialismus. Sie übt einen unzulässigen, ihrerseits autoritären Einfluß aus, dem sich kein Schreibender ganz entziehen kann. Dieser Bann, dies gewisse Etwas der Buchform kann den Bösartigen zu einer immerhin edleren Art zwingen, dem Betrüger zu einer Neigung zur Wahrheit, den Schluderer zur Aufmerksamkeit zur Sprache, den kleinen Mann zur Erinnerung der Werke der großen Menschen. Siehe da, es kommt auch bei wüster Weltanschauung etwas anderes heraus als in der ungezwungenen Schamlosigkeit der sonstigen Lebensart. Das Buch steht in einem nicht schreienden, sondern angenehmen Gegensatz zum Tank. Der Brutalste verliert dabei, gerade weil das Buch seine eigenen strengen Augen hat. Es hat Löwenaugen, die zunächst einmal den Schreibenden selbst anblicken. Er merkt es: er richtet sich nach dieser vornehmen Erscheinungsart; und eben dies darf in der Diktatur nicht sein. Das Buch kontrolliert und entlarvt ihn; in ihm wird er allein vor seinen Lesern stehen; er wird ihre Aufmerksamkeit nicht, wie etwa in der Zeitung, auf andere Mitarbeiter lenken können. Er muss eine

ungeteilte Verantwortung für seine Haltung, für jedes seiner Worte tragen. Eine ungewohnte Selbständigkeit wird von ihm verlangt; es ist eine unheimliche Stille und Erwartung um ihn. Kein Führer, keine Partei steht ihm so nahe zur Seite wie doch bei Beiträgen in der Zeitung oder bei Reden in der Versammlung: alle Verbindungen und Anschlüsse sind ferner gerückt. Durch diese von der Buchform geforderte und von ihr ausstrahlende Unabhängigkeit wird sie an sich so bedrohlich. Solche Macht kann von keinem Machtergreifer geduldet werden. Ihr gebührt der Scheiterhaufen.
Freilich verrät sich im Jubel der Buchhenker die unermeßliche Dummheit, die da glaubt, man könne das Licht mit Feuer bekämpfen. Jener Berliner Flammenstoß ist schnell erloschen, noch schneller der neue, den man in unserem Jahre in Madrid und in Memel entzündet hat. Die innere Glut des Buches wird eher alle Scheiterhaufen verbrennen als umgekehrt. Das Buch bleibt nicht nur eine feste Bastion, aus der der Geist am tiefsten in Feindesland vorstoßen kann. Es nimmt sogleich, als Offenbarungsform des Menschen, in vielen Abstufungen an der Helligkeit des »Buches der Bücher« teil – das man nicht zu verbrennen wagte. Damals klebten zwar neben den Plakaten, die zur Herbeitragung der Bibliotheken aufforderten, braune Zettel: Vergeßt die Bibel nicht! Aber selbst bei den Dumpfesten war die abergläubische Furcht vor einem Verbrechen an der Heiligen Schrift stärker als ihr nationalsozialistischer Aberglauben.
Es gilt den Glauben an die vornehme Macht des Buches, des Buches der Dichter und Kämpfer, gerade in der Zeit ordinärster Machtmittel zu bewahren. Es gilt, sein Ansehen im Licht einer mißlungenen Schändung zu stärken. Die Gefährlichkeit der Buchform wird außer dem Gefährlichen des

Inhalts das Ihre tun zugunsten der Kultur. Die Dichter werden diese wunderbare Form der gestalteten menschlichen Stimme in ihrem Feuer lebendig erhalten. Rufen wir, wenn jene Leute zum Lodern freier und guter Schriften riefen: Das Buch ist tot – Es lebe das Buch!

Interview mit Lyrik

Alfred Wolfenstein, der seit langem in Prag lebende bekannte Dichter, gibt soeben im Querido-Verlag, Amsterdam, ein Sammelwerk heraus, das unter dem Titel *»Stimmen der Völker«* eine groß angelegte Auswahl der schönsten Gedichte der Welt in Übersetzungen aus allen Sprachen von den ältesten Zeiten bis zur Gegenwart enthält.
Wir haben ihn gefragt: »Glauben Sie, daß man heutzutage noch gerne Gedichte liest? Wie lebt die Lyrik bei so viel Politik?!«
Alfred Wolfenstein antwortete: »Ich verstehe Ihre Verwunderung. Aber es ist eine Tatsache, daß viele Menschen heute wieder auf ein schönes und mitreißendes Gedicht wie auf eine Erlösung warten. Die Zeitgenossen werden mit so viel Kanonen gefüttert, daß ihnen schon aus innerer Opposition die Schönheit und der Wert der Kunst von neuem aufgehen. Wir sehen es an dem ausdauernden musikalischen Interesse, und die Lyrik ist die klangschöne Nachbarkunst der Musik. Nur vermittelt sie außerdem durch die Sprache eine bestimmte ethische Haltung.«
»Nach Ihrer Meinung hat also die Lyrik nicht nur die Macht des Schönen, sondern auch des Guten gegen diese Zeit einzusetzen?«

»Das hat diese Zeit besonders nötig. Das Ethos eines freiheitlichen oder auch »nur« einfach schönen Gedichtes bringt das bedrückte menschliche Herz in Schwung, das täglich mehr zu erstarren droht. Ein Gedicht kann ergreifen. Warum sollten nur noch im Kino Tränen fließen? Auch hier sind es oft recht lyrische Stellen, die den stärksten Eindruck machen. Der Mensch muß sich nur darauf besinnen können, ein Mensch zu sein, und dazu bietet mein Sammelwerk reiche Gelegenheit!«

»Warum wählten Sie *Herders* berühmten Titel »Stimmen der Völker«?«

»Weil dieses Buch auf dem gleichen humanistischen Weg geht, den der große geistige Führer gewiesen hat: er suchte die Völker durch ihre menschlichsten Äußerungen, nämlich durch ihre Dichtungen, einander näher zu bringen. Das neue Sammelwerk stellt die Gedichte eines jeden Volkes in einer solchen Auswahl vor Augen, daß dadurch nicht nur seine schönsten poetischen Hervorbringungen, sondern zugleich eine Charakterisierung eines jeden Volkes gegeben wird, seines Menschenschlages, seiner Landschaft, seiner Feste und seiner Kämpfe. Indem dabei vor allem das freiheitliche, das humanistische Element der wahren Dichtung hervortrat, ergab sich eine objektive Auswahl von Gedichten, in denen sich die künstlerisch schöne mit der sittlich sozialen Magie der Kunst vereint. Da zeigt sich der Dichter, wie er war und wie er immer sein wird: als der Feind jeder Tyrannei und als der zuverlässigste Menschenfreund. Und man wird in dieser umfassenden Sammlung, unter den ägyptischen, chinesischen oder indischen ebenso wie unter den französischen, deutschen oder slawischen Gedichten aller Zeiten Verse von überraschender, nämlich ewiger Aktualität finden – denn die Lyrik ist die eigentliche prophetische Kunst.«

Letzte Begegnung mit Franz Kafka

Ein Zusammensein, das sich nicht mehr wiederholen kann, wird uns immer in einem besonderen Lichte gegenwärtig bleiben, zum ewigen Ausgleich der Vergangenheit, – ja, es wirkt wie die Totenmaske, die uns ein reineres, ein stärkeres Antlitz übermittelt als die Photographie zu Lebzeiten. Wenn die erste Begegnung mit einem Menschen oft vorurteilsvolle Eindrücke hinterläßt, so tilgt die letzte Begegnung alle Schlacken, – für das Auge des Zurückschauenden. Heute leben wir auch mehr als je zuvor in dieser Sphäre der Abschiede, die Zeit steht unaufhörlich an einem Ende, und wir sind so sehr auf Trennung und Abschluß gefaßt, daß wir unter der Spannung des tödlichen Risikos bei jedem größeren Auseinandergehen den uns teuren Menschen schärfer ins Auge und ins Herz fassen. Danach erscheint er uns nicht nur verklärter, sondern auch wirklich klarer.
Prag, das dunkel-schöne Märchen einer Stadt in der Mitte Europas, ist noch immer ein tief passender Geburtsort für Dichter. Zwei gewissermaßen absolute Poeten sind hier geboren: Rilke und Franz Kafka.
Vom gotischen Veitsdom in den Mauern der in den Himmel gestürmten Burg des Hradschin, von der barocken Schönheit der Kleinseite kam ich damals zur Altstadt herab. Kafka wohnte dort in einem jener Prager Bauten, in denen man mit jeder Treppenstufe nicht hinauf, sondern immer tiefer wie in eine Unterwelt hinunterzusteigen glaubt. Das

Zimmer, in das ich trat, war kühl und mit vielen Schatten erfüllt. Aus der Ecke, in der er in fast völliger Finsternis geschrieben hatte, erhob sich die lange schmale Gestalt des Dichters, an seiner Begrüßung merkte ich, daß er meinen Namen nicht verstanden hatte. So sprach er während der ersten halben Stunde mit einem unbekannten Besucher; gewiß ergaben sich alltäglich solche symbolhaften Situationen für diesen Darsteller jeder Fremdheit und Verlorenheit unter den Menschen. Er sprach mit einem knabenhaften Charme und zeitloser Weisheit; die etwas heisere Stimme hatte den gleichen einfachen und immer bedeutsamen Tonfall seiner Schriften. Ich ließ diesen Zauber auf mich wirken: die Hintergründigkeit eines wahren Dichters und die Liebenswürdigkeit eines wahren Menschen. Seine Figur erschien im Lichte des Fensters noch dünner, – ein unendlich üppiger Geist wohnte darin. Ich dachte an seine knappen Erzählungen und an die uferlos hinfließenden großen Romane, an die feinen und vollen Figuren, wo in einer sonderbaren Josefine unter dem Mäusevolk das Geheimnis der Kunstverehrung oder in einem Türsteher vor dem Gesetz die Problematik der Gerechtigkeit Gestalt gewinnt; wo in einen Prozeß alles Schuldbewußtsein des Menschen hineinblickt oder die Unendlichkeit selbst von einem hohen Schlosse aus mit einem Dorfe in Verbindung tritt. Die Spitzen der Theinkirche standen vor uns im Fenster, die ornamentreichen Häusergiebel des Altstädter Rings schweiften sich um seine Schultern, das bleiche sanft-scharfe Gesicht des Dichters schwebte im letzten Licht, mit seltsam spitzen ausgespannten Ohren, so als hingen unter seinem Haar ein Paar Fledermäuse. Jener junge Mensch, der sich, aus übergewaltigem Schuldbewußtsein, beim Erwachen in seinem Bett in ein Ungeziefer ver-

wandelt glaubt, jener Bankbeamte, der begeistert von der schönen Inschrift auf seinem eignen Grabstein träumt; jene das Publikum und besonders ihren Dichter selbst hinreißende Zirkusreiterin, schwebend über allen Bedrückungen, der Welt: sie waren aus diesem Raume hervorgegangen, und bei den Schrecknissen seiner »Strafkolonie« hatte er zu dem Rathausaltan drüben hinausgeschaut, auf dem einst die kaiserlichen Notabeln jenem großen Tage der Folterungen und Hinrichtungen vor dem dreißigjährigen Kriege beiwohnten. Aus Prags ruheloser Geschichte, vermischt mit der ruheloseren Geschichte des eignen jüdischen Volkes, aus Prags bleibend dunklem Stadtbild, dunkler durch das starrste Ghetto Europas, das in den Seelen noch steht, mag es auch in »Wirklichkeit« rings um die älteste Synagoge und das Grab des hohen Rabbi Löw scheinbar abgerissen sein, – aus den schmerzhaften Überschneidungen europäischer und jüdischer Geheimnisse an diesem seltsamen Ort erklärten sich viele seiner Gestalten und Gedanken. Unser Gespräch sprang jetzt durch Literatur und Leben zu einem anderen Menschen und Dichter, dessen gleichfalls melancholisch-humanes Werk ich soeben neu übertragen hatte: Shelley. Dabei verdeutlichte sich offenbar auch der Klang meines Namens nachträglich in seinem Ohr. Als ich mich nun verabschiedete, gab es einen Augenblick desto herzlicherer Nähe.
Ich wartete noch, bis ein schrecklicher Hustenanfall vorüber war, dann sah ich die Gestalt des Dichters in dem ganz dunkel gewordenen Zimmer sich verlieren.
Als ich unten durch die engen Straßen zurückging, bemerkte ich, daß mir jemand von Kafkas Haus her folgte. Er blieb stehen, wenn ich vor einem Schaufenster haltmachte, er beschleunigte seinen Schritt mit dem meinen. Als er hinter

mir auch die Treppe zu einem Café hinaufstieg und neben mir im Zeitungswinkel stehen bleib, sagte er auf meinen verwunderten Blick leise: »Sie lieben Franz Kafka auch?« Das Rätsel löste sich zwar, indem er auf das Buch in meiner Hand wies, Kafkas »Landarzt«, das mir der Dichter soeben geschenkt hatte. Aber ich lernte dann in meinem Verfolger, einem jungen Studenten, den erstaunlichsten Verehrer eines Poeten kennen, den ich je getroffen habe. Später sandte er mir ein Bild, ein von Geist leuchtendes Knabengesicht, mit Ohren gleich ausgespannten Fledermausflügeln –: Franz Kafka. Er war kurz zuvor gestorben.
In ihm lebte das seelenvollste Schuldbewußtsein: – das Bewußtsein von der Unvollkommenheit der Welt und des Menschen, einer Unvollkommenheit, an der der Mensch sich selbst die Schuld zuschreibt. Dieses Ethos der Verantwortung gehört zu den tiefsten Tugenden des Juden; es ist heute und für die Zukunft von neuem bedeutsam geworden. Seine humane Tendenz offenbart sich in jeder Arbeit Franz Kafkas. Die Unvollkommenheit der Welt, von der er spricht, überwindet er bereits in der Vollkommenheit seines Werks.

In Europa!

1

Hier wollen wir bleiben, hier, inmitten der Menschen unsres Erdteils!
Hier wollen wir bleiben, hier, bei dem Gedanken dieses Erdteils!
Wir fragen nicht, ob er unsre Heimat sein will, der Gedanke Europa fragt nach uns.

Es kümmert uns nicht, ob Länder unsre Liebe erwidern, wir lieben das Abendland.
Zwar ist es der Schöpfungsgedanke des Menschen, die Erde zur Einheit zu erschaffen.
Doch die Schöpfung wäre wieder nicht gut, behielten nicht die Länder und Völker ihr Antlitz.
Ein eigenes größeres Antlitz haben nach ihrem Wesen Morgenland und Abendland.
Und Amerika –: So wird jeder Erdteil zur eigenen Aufgabe auf dem Wege zur Welt.
Hier müssen wir bleiben, inmitten der Menschen Europas, bei seinem bedrohten Gedanken!
Seit 1914 ruhelos, nach der Wanderung über die kleine Anhöhe von 1918 unten empfangen von 1933.
Durch das Stachelgestrüpp der Grenzen hinausgehetzt und zurückgetrieben, atemlos klopft unser Herz.
Aber stark wie eine zurückgestoßene, vorstoßende Brandung, die nicht nach dem starren Felsen fragt,
Nur nach dem unerschöpflichen Meer, hinter ihr, das sie entsendet, – so erneut sich unser Herz.
Freilich, schlaflos in den Nächten und freudlos zwischen den Schönheiten der Tage in der Fremde,
Eilend von Verbannung zu Verbannung, fühlen wir die Gefahren oft bis in die Seele dringen:
Nach fünf Jahren voller Trennungen, diesem Abschiedsgetümmel auf Bahnhöfen, traurig wie Friedhöfe,
Unaufhörlichen Trennungen von Eltern, Kindern, Frauen und Freunden, Berufen und Heimaten,
Zittern wir manchmal und kämpfen darum, daß wir nur uns selbst nicht verlieren –

Der gute Geist bewahre uns vor dem letzten Unheil, aus der eignen Seele zu emigrieren.

2

Die Diktatur dieses Schicksals will ihren Krieg an die Wurzeln unseres Innern greifen lassen:
Da ist auch die Wurzel Europas. Es war unsere Jugend, es wird uns nie eine alte Welt sein.
Mit seinen Bäumen und Blumen wuchsen wir auf, seine Flüsse erfrischten uns, Berge verbanden uns mit dem Himmel.
Seine Völker lernten wir von der Schule an kennen, bald fuhren wir zu ihnen, um sie besser kennen zu lernen.
Wir kennen die Geschichte seines Wahnsinns, seiner Kriege, und des Sinns seiner Revolutionen.
Wir sind vertraut mit der Geschichte seiner kurzen fruchtbaren Frieden, immer voller Kriegsangst und Kriegslust.
Vertraut mit seinen Erfindungen, Weisheiten und Künsten, die selbst das Irrenhaus herrlich schmückten.
Die Hauptstädte unseres Lebens waren Athen, Rom, Paris und London, sie standen als unsre großen Lehrer da:
Wir wurden von Athen über Schönheit belehrt, auf vollkommenen Säulen ruhte der Himmel.
Rom lehrte die Macht, doch auch Recht, eine menschliche Form für die künftige Fassung der Welt.
Paris gab uns Menschenrechte, es erhob zu wunderbarer Einigung Schönheit und Gewissen.
London wurde Sonne der Wirtschaft, um Licht und Schatten erstaunlich auf der Erde zu verteilen.

Wir sahen das Leben von euch älteren eingerichtet, doch es war noch Platz für zwei junge Riesen:
Moskau erbaute rings um den Urwald schöner Kuppeln eine lichte Menschengemeinschaft aus der Urkraft des Volkes.
Und Berlin wurde der bewegte Platz, darüber neue Gedanken und Versuche in vielfältiger Menge liefern.
An dir, Berlin, hatten wir mitzubauen begonnen, als der Krieg herabfiel, dann arbeiteten wir einmal mit –
Noch manchmal, o unser Vineta, läuten uns schmerzend deine einst so hellen Glocken.

3

Der Sumpf, auf dessen Grund Berlin liegt, dehnt sich quirlend über alle nachgiebigen Ufer.
Und aus dem Kontinent, angesteckt vom Gift, beginnt von neuem der große Aufbruch, zu andren Kontinenten.
Viele Freunde sind darunter, viele der Besten, sie wollen ein neues Europa in Amerika finden.
Sie sagen: Wir suchen festen Boden, nicht zu verhungern, nicht verfolgt zu werden von Gasen und Gesetzen,
So lösen wir die alten Bindungen – in Wahrheit erscheint uns hier alles schon vergangen,
Wie in den Schlössern wandeln hier überall Phantome, diese Wirklichkeit spukt nur durch Ruinen:
Wir verlassen die Vergangenheit, die alte Einrichtung der Europaburg, um aufzuerstehen zu neuem Leben.
Sie also haben es satt, gute Europäer zu sein, und doch braucht sie gerade ein schlechtes Europa.
Es ist schlecht, nicht tot, ein lebendiges Schicksal. Ich frage in diese Verwirrung: Tauscht man ein Schicksal um?

Geht nicht die Erde über die einzelnen kleinen, großen und kontinentalen Völker den Weg zu sich selbst?
Und unser Erdteil – sollen drei Jahrtausende umsonst an ihm gebaut haben, dabei auch die Jahre unsres Lebens?
Ein Erdteil ist ein Werk, in sich abzuschließen, – darf man es unvollendet lassen und schon ersetzen?
Muß man nicht, wie Künstler für ihr Werk, wie der Mensch für sein Kind, dafür auch leiden?
Gibt es nicht auch hier noch freiere Stätten, daß wir ausharren, noch lange nicht unsern Märtyrern gleich?
Es sind Fragen an euch und mich selbst, denn wieviel Freunde blieben sogar in dem höllischen Reich!

4

Europa und Amerika sind Rahmen der Natur für zwei Bilder, die ihren Menschen aufgegeben sind.
Es zeigte ein wunderbarer Abraham Lincoln, wie das Bild Amerika zu malen sei.
Der Gedanke Europa aber wartet seit Jahrtausenden, um endlich vollendet zu werden,
Genug gequälte Völker, genug mißbraucht von tyrannischen Gespenstern, den Feinden der Geister:
Und wenn von ihrem Anhauch mit den Giften Armut, Habsucht, Aberglauben und Blutgier.
Immer wieder der Friede zusammenbrach, im Schrecken der vorsintflutlichen Kraken, bis in unser Jahrhundert,
Wenn die Versklavten all die Dickichte der Grenzen ziehen mußten, im Urerdteil der Zivilisation,
Um sich voneinander zu entfernen und sich gegeneinander aufzureizen –: sie erkannten sich doch als Brüder-Völker.

Sie werden sich erheben und verjagen die Nebel um den Morgen, sie sind die Bewegung der Natur.
Es wird hell werden, und mit all seinen gezackten Rändern und vielfarbigen Ländern wird das Bild Europa erscheinen.
Bleiben wir hier, bescheidene Kameraden der guten Völker, sie sind in Bewegung der menschlichen Natur,
Helfen wir ihnen, diesmal Europa zu entdecken und es von seinen Wilden zu befreien,
Helfen wir, daß die Macht der Friedlichkeit nur die Zerstörer bekriege, die für den Blutregen beten.
Wird Amerikas Einigkeit für unsern zerrissenen Erdteil erkämpft, dann bis zur Grenze des Erdenrandes
Flattre die Fahne des Friedens, hingetragen von hier, vom Aufgang des Abendlandes.

Deutsche Schriftsteller – Kader der Erziehung

Ausnahmen in der Beurteilung und Behandlung der Deutschen zuzulassen, fällt zur Zeit noch schwer. Hier hat ein ganzes Volk eine Schuld auf sich geladen; auch dies haben sie totalitär gemacht. Dennoch ist mit der Befreiung Frankreichs der Augenblick gekommen, um die Sonderstellung einer Gruppe und vor allem ihre neuen Möglichkeiten zu erkennen: der deutschen Emigration. Die literarischen Kameraden sollten jetzt an jene Schriftsteller deutscher Sprache erinnern, die sich sofort aus ihrem Vaterlande entfernt haben, als es das Vaterland von Hitlers Verbrechen wurde. Sie haben ihre Waffe, die Sprache, gebraucht, um zum Kampfe zu rufen, das deutsche Geschehen unmittelbarer darzustellen, ihr eigenes Leiden als das Leiden der Menschen zu gestalten. Ihre zahlreichen Toten zeugen durch ihr Schweigen ebenso wie durch ihr hinterlassenes Werk für ihre Sache. Jetzt nehmen diese Verbannten an der Erhebung Frankreichs besonders nahen Anteil; für viele von ihnen war es das letzte europäische Land, das sie verlassen mußten. Übrigens ist ihre Zahl bemerkenswert; ihrer Natur entsprechend haben sich weit mehr Künstler vom Regime der Gewalt getrennt als etwa Politiker. – Sie konnten draußen ehrenhafte Deutsche bleiben.

In der neuen Phase, in der es schon nicht mehr genügen wird, die Deutschen zu besiegen sondern sie zu ändern, können die emigrierten Schriftsteller einen wichtigen Platz einnehmen. Man muß sich nun mit dieser Frage der deutschen Transformation offener, mutiger, tiefer beschäftigen. Man muß auch wissen, wie schwer die nötigen Transformatoren zu finden sein werden. Für die Erziehung der Deutschen braucht man Mithelfer aus dem Volke selbst. Wer kann dafür so bedeutende und zuverlässige Kader liefern wie die emigrierten Schriftsteller? Die Dichter und Schriftsteller sind in Deutschland von jeher als Erzieher aufgetreten; nicht gerade immer mit dem Erfolg, den die friedfertige Welt sich gewünscht hätte. Aber Herders Lehren zur »Erziehung des Menschengeschlechts« liegen bereit, um wieder aufgenommen zu werden; Goethe hat im »Wilhelm Meister« das Muster einer »pädagogischen Provinz« geschaffen, Hölderlin im »Hyperion« seinem Volke einen wahrhaftigen Spiegel vorgehalten; Nietzsche, von den Hitlers als ihr Philosoph beansprucht, schleudert im »Ecce Homo« Worte der Geißelung gegen die Deutschen wie kaum ihre Feinde. Der deutsche Schriftsteller war immer in starkem Grade Volkskritiker. Man muß ihn an der Wandlung des Volkscharakters

neuen Anteil nehmen lassen; die Bibliotheken enthalten da eine große Mitarbeiterschaft.
Aber sprechen wir von den Heutigen. Im Juni 1940 wanderte ich mit *Alfred Döblin* durch die schon verlassenen Straßen von Paris. Die Söhne des Berliner Romandichters standen im französischen Heer. Der Exode lag vor uns, eine der »babylonischen Wanderungen«, die durch seine Bücher gehen – während er selbst in der Wirklichkeit gern in der Nachbarschaft seines Alexanderplatzes geblieben wäre. Seither hat er in New York den dritten Band seiner Romantrilogie »Deutsche Revolution 1918« beendet. Der erzieherische Wert seiner Bücher, seiner Persönlichkeit wird aus dem großartigen Schwung kommen, mit dem hier die Moral von der Phantasie emporgetragen wird. Beides ergänzt sich, beides wird zur Beeinflussung dieses vielseitigen Volkes nötig sein; musikalisch und realistisch ist Döblins Kunst wie dieses Volk. Hier regen sich die Motive unserer Epoche. In »Berge, Meere und Giganten« wird die Massenseele dargestellt – mit der Frage nach dem Verhältnis zwischen Moral und Technik. Mit seinem finsteren Führer wird im »Wallenstein« der dreißigjährige Krieg wie ein Vorläufer des heutigen erzählt. Immer verkündet er diesem zwischen Musik und Militär schwankenden Volke: »Man kann den Geist der Welt nicht mit Gewalt erobern.« Er will dieses Volk mit phantasievollen Mitteln von seiner Wildheit heilen; er warnt es, der Vorbereitung des großen Krieges zwischen Ost und West zu dienen.
Dies ist Döblin, der Arzt und Künstler, dessen Werk erst auf weiten ästhetisierenden Umwegen zu den sozialen Wirklichkeiten gelangt ist. So wird er ein desto umfassenderes Können der deutschen Transformation zu widmen haben.

Thomas Mann, der sich von Hitler zunächst in die Schweiz, dann nach USA entfernte, war stets besonders deutlich Moralist und Erzieher. Unter dem Zeichen Schopenhauers und deutscher Untergangsstimmung hat er die »Buddenbrooks«, die Familiengeschichte der wankenden Lübecker Großbourgeoisie geschrieben. Die vornehme Haltung würde ihm das Vertrauen beider Seiten sichern: Vertrauen der Alliierten in den großen Emigranten Thomas Mann und der Deutschen in den geistigen Patrioten, der geschüttelt von Empörung über ein schlecht gewordenes Volk noch an Führung zum Guten glaubt. Bei dem berühmten Berliner Autodafé im Frühling 1933 scheint man unter anderem Bücher von Thomas Mann von der Verbrennung zunächst ausgenommen zu haben. Glaubte man, er werde den Weg des anderen Dichterfürsten, Hauptmann, gehen, der seine demokratische Vergangenheit verraten hat? Thomas Mann hat sich immer radikaler zur linken Seite geschlagen, bedächtig wie ein Schiffskapitän, doch unbeirrbar. Aus der Schweiz sandte er sein Pamphlet gegen den Rektor der Bonner Universität, der ihm den Titel des Doctor h. c. entzogen hatte. Die kleine Streitschrift aus persönlichem Anlaß traf den gesamten Nazigeist und fand außerordentliche Verbreitung, zumal unter den Studenten, – die sich später in München zur ersten Verschwörung in Deutschland erhoben haben. Aus USA sendet Thomas Mann seit zwei Jahren seine Radioreden, in denen seine kunstvolle Ironie sich kräftig politisiert. Nach dem jetzt beendeten letzten Bande seines »Joseph« (dessen Ausgabe im Monthly Club 400 000 Exemplare umfaßt) wird der begonnene neue Roman desto unmittelbarer in die Gegenwart zurückkommen. Von seinen Kindern hat Klaus Mann jetzt eine politische Autobiographie und seine

Biographie André Gides veröffentlicht, Golo ein Buch über F. Gentz, romantischen Politiker und »Sekretär Europas«, Erika Mann ist als amerikanische Kriegskorrespondentin in Paris; vor dem Kriege hat sie mit dem besten politischen Kabarett Europas, »Pfeffermühle«, rings um Hitlerdeutschland ihre Conferencen ausgestreut.

Den größten Erfolg eines Autors deutscher Sprache in USA hat *Franz Werfel* mit seinem Roman »Lourdes«. Er gehörte um 1914 zur lyrischen Avantgarde; seine Verse, visionär und aktivistisch zugleich, ertönten in allen Etappen des düsteren Weges Deutschlands. Sein stärkster Roman schilderte eines der Verbrechen des vorigen Krieges, die anti-armenischen Greueltaten. Die wirksame und leicht zugängliche Begabung des Österreichers ist ein besonders deutliches Beispiel, wie wichtig die Emigration für die Transformation werden kann. – In der Produktion von Hollywood ist *Bert Brecht* Europäer und Sozialist geblieben. Seine »Dreigroschenoper« aus der »entarteten« Vergangenheit stammend, war den Nazi besonders verhaßt, nicht nur wegen der »jüdischen« Musik von Kurt Weill: Sie haßten, was sie gern selbst gemacht hätten. Diese betrügerischen Bettler, die zuletzt Bankiers werden, hätten ein Propagandatrick des Dr. Goebbels sein können. Man hätte auch gern einige begabte »Arier« wie Brecht behalten. Aus Stockholm schrieb er »erbauliche« Stücke, in denen etwa Söhne ihre Eltern zur Anzeige bringen, weil diese im Familienkreise Hitler beschimpft haben, reizvolle Attacken gegen die Sitten der Nazi. – Viele andere Autoren schreiben in USA: *Lion Feuchtwanger,* Verfasser des »Jud Süß«, veröffentlichte den reichhaltigen Emigrantenroman »Gazette de Paris«, *Emil Ludwig* eine vielgewandte »Geschichte der Deutschen«,

Alfred Neumann, Verfasser des Films »Der Patriot«, den Roman eines nordamerikanischen Generals, pointiert gegen den deutschen Generalstyp. – Nicht so viele gingen nach Osten: In Moskau, im »Comite Freies Deutschland«, das auch in Paris besteht, wirken Friedrich Wolf, der revolutionäre Dramatiker, Herwarth Walden, einst Herausgeber der Berliner Avantgarde-Zeitschrift »Der Sturm« (L'Orage); *Johannes R. Becher.* Dieser, eines der Genies europäischer Lyrik, hat mit den mächtigen Rhythmen seiner Gedichte den Marsch der Roten Armee begleitet und auf dem Roten Platz bei allen Festen durchs Radio zum deutschen Volke gesprochen. Die Verbindung dieser Schriftsteller mit russischem Geist wird ihren radikalen erzieherischen Wert im Mittelwesten (wie man Deutschland im künftigen Europa nennen könnte) erweisen.
Andere Emigranten haben geschwiegen. *Albert Einstein* lehrt an einer amerikanischen Universität – er wendet den Fakultäten seines armseligen Landes demonstrativ den Rükken, denen seine Weisheit gründlich fehlt. *Heinrich Mann* hat während seines Aufenthalts in Kalifornien nichts veröffentlicht. Man übersetzt seine älteren politischen Romane, insbesondere »Professor Unrat« und »Der Untertan« (Le Sujet). Welche kritischen warnenden erzieherischen Werke sind das, Enthüllungen der unheimlichen Doppelsinnigkeit, der gefährlichen Hintergründigkeit der deutschen Seele! Mit ihr aber muß man sich befassen, wenn man dieses Volk ändern will. Wie früh hat Heinrich Mann in einem teutonisch rasenden Bürger, in dem er Wilhelm zeigen will, auch schon Hitler gezeigt!
Wieder andere Stimmen schweigen für immer, und sie schweigen ebenso revoltierend, wie sie zuvor gesprochen

haben. *Stefan Zweig* tötete sich 1942 in Rio, nach einem durch jeden Erfolg verwöhnten Leben, noch soeben von Brasilien für seine Geschichte dieses Landes gefeiert; aber der unbeirrbare Pazifist suchte, müde der Gräueltaten dieses Krieges, den Tod. Hatte er ein Recht auf einen eigenen Frieden, statt den allgemeinen geduldig abwarten zu müssen? Auch dies ist ein Protest, und seine Schriften werden in Zukunft desto überzeugender auf die Deutschen wirken. Noch viele haben den Absturz der Menschlichkeit mit ihrem Tode beantwortet, kühne Revolutionäre wie *Ernst Toller,* dramatischer Dichter und Führer der Roten Armee in der Münchener Räterepublik von 1918; oder *Walter Hasenclever,* einer der lebendigsten Lyriker der neueren Generationen; oder der starke Satiriker Kurt Tucholsky *(Peter Panter). Alfred Mombert,* berühmter Poet aus der Epoche Stefan Georges, starb an den Folgen seines grausamen Transports von Heidelberg nach Gurs durch die Gestapo. *René Schickele,* dessen elsässische Seele während seines ganzen Lebens für eine wahrhafte »Collaboration« zwischen allen Völkern gekämpft hatte, starb im zweiten Kriegsjahre in Vence, voll melancholischen Zorns, als die Hitlersche Wüste sich über Europa ausbreitete. Neben diesen Toten demonstrieren andere verstummte Gestalten, die den Namen Hitlers noch gehört haben, durch ihre aus der Ewigkeit sprechende Dichtung und Prosa: ein Rainer Maria Rilke, den die Nazi für sich beanspruchen, während sein Werk in Wahrheit ihnen mit tiefster Verachtung den Rücken wendet – oder Franz Kafka, mystischer Ankläger der mit finsterster Schuld Beladenen – alle hohen Geister wie diese fahren in den Lüften noch fort, die neuen Hunnen zu bekämpfen. Denn jeder große Schriftsteller muß an sich der ewige Feind einer niedrigen und unmenschlichen Haltung wie des Nazismus sein. Wenn man diejenigen betrachtet, die freiwillig im mörderischen Vaterlande geblieben sind, so erkennt man den Absturz. Gerhart Hauptmann, der sich von der Demokratie feiern ließ und dann nicht weniger gern vom Nazitum, hat nur noch schiefe und epigonische Werke hervorgebracht. Hans Carossa hatte sich von Jugend auf mit dem vornehmsten Goethe-Stil geschmückt und thront nun auf den repräsentativen Sitzen einer plebejischen Literatur. Gottfried Benn, einst ein eigenartiger Dichter des Expressionismus, hintergründig und aristokratisch, nahm ohne Scham die Ehren und Vorteile des vulgärsten aller Regime entgegen. Um einige Gestalten von Talent zu behalten, verzieh man dort dem kaustischen Erich Kästner sogar seine Verse von 1918: »– Wenn wir den Krieg gewonnen hätten! Zum Glück gewannen wir ihn nicht.« (»Mon dieu, si nous avions gagne la guerre! Heureusement nous l'avons bien perdue.«) Immerhin wird es uns schwer, uns vorzustellen, daß diese Schriftsteller zehn Jahre lang sich dem Verfasser von »Mein Kampf« unterzuordnen vermochten.

Es gibt ein Deutschland, gegen das der Krieg nicht geführt wird, denn es führt selbst Krieg gegen das andere. Es erfüllt im Reich seiner Werke und Persönlichkeiten, im vorweggenommenen Geist der Zukunft die Friedensbedingungen der Menschheit mit Deutschland. Die verbannten Schriftsteller gehören zu den ersten Reihen eines neuen deutschen Bürgertums und eines Lehrertums der Deutschen, durch den Abstand ihrer Leiden und durch die Entfernung ihres Exils hat sich ihr Schwung noch weiter vermehrt. Die Aufgabe ist auf jeden Fall schwer, denn man hat es bei den Deutschen mit einem komplizierten Volkscharakter zu tun, von protheischer Vielseitigkeit, der immer wieder der eigenen Konzentration und der offenen Gemeinschaft der Nationen entschlüpft. Die Intuition des Schriftstellers vermag diese bedrohliche Beweglichkeit zu erfassen; zur Neuerziehung, zur Gegenerziehung dieses Volkes bedarf es unter anderem auch der Mithilfe der Phantasie.

Es ist indessen nicht zu befürchten, daß der Schriftsteller zu leicht versteht und verzeiht. In Amerika zum Beispiel gibt es eine allzu duldsame Strömung; Europa hat das Verbrechen in der Nähe gesehen und am eigenen Leibe gespürt; hier wird man keiner ritterlichen oder billigen Großmut verfallen. Auch für eine andere Seite ist der europäische Künstler, der deutsche Schriftsteller besonders zuständig: Er weiß, in welchem kolossalen Maßstabe das deutsche Volk zwischen dem militärischen und dem musikalischen Pole seiner Anlage schwankt. Er wird alles fördern, was der musikalischen Seite dient, und weiß doch, daß man die militärische nicht allein mit der musikalischen bekämpfen oder ausgleichen kann. Man wird aus der Musikalität der Deutschen, die der Welt soviele Meister geschenkt hat, einen Hebel für ihre harmonische Einordnung, für die Harmonisierung ihrer problematischen Gesellschaftlichkeit machen. Aber man muß mit unkünstlerischer Härte dafür sorgen, daß sich über die Komponisten nicht immer von neuem die Generalfeldmarschälle erheben.

Ein starkes Verlangen lebt in den davongezogenen Schriftstellern: zurückzukehren. Sie erwarten den Anruf Europas, um die Mission erfüllen zu können, die ihrem Beruf, ihren geistigen und natürlichen Mitteln entspricht. Ihre letzten Generationen haben sich auch nie damit begnügt, tatenlos an ihrem Schreibtisch sitzen zu bleiben: Man fand sie von jeher an allen Bewegungen unserer Epoche beteiligt. Wenn man ihre Namen, Werke und Personen betrachtet, ihre Vergangenheit und ihr Exil, sieht man, wieviel sie noch zu der großen Transformation beizutragen haben, von der die Ruhe unseres Jahrhunderts abhängen wird. Sie sind weder Romantiker noch Faustiker, während die Nazis sich dieser dämonischen Eigenschaften (auf niedriger Stufe) von neuem rühmten. Die emigrierten Schriftsteller haben die verhängnisvolle deutsche Unruhe, die größenwahnsinnige faustische oder die romantische (Novalis: »Was wir sind, ist nichts; was wir suchen, ist alles«) in der neuen Literatur überwunden. Sie wollen sie erst recht im Leben, in der Politik überwinden, denn beide vagen Seiten der deutschen Anlage haben im angestifteten Unheil eine große Rolle gespielt. Die unabhängigen Schriftsteller deutscher Sprache wollen dieses Volk endlich den Geist des Friedens lehren.

LEBENSDATEN UND WERK

»... sein Wunsch war immer »freier Schriftsteller« zu werden. (Es war vielleicht sein Unglück, daß niemand sich diesem Wunsch entgegenstellte ...)« Sofie Loew-Wolfenstein

Lebensdaten:

1883	28. Dezember, geboren in Halle (Saale) als Sohn des jüdischen Kaufmanns Hermann Wolfenstein und seiner Frau Klara, geb. Latz
1886	Geburt der Schwester Sofie
1889	Umzug der Familie nach Dessau
1890	Tod des Vaters, Besuch des Herzoglichen Friedrichs-Gymnasium in Dessau
1899	Abschluss der Untersekunda, Ausbildung als Holzkaufmann in Dessau
1901	Besuch des Askanischen Gymnasiums in Berlin
1905	Abitur, Jurastudium in Freiburg und München
1906	Studium in Berlin
1907	Studium in Halle (Saale)
1909	Umzug nach Berlin, Beendigung des Studiums
1912	Erste Veröffentlichung in der »Aktion« von Franz Pfemfert
1915	Gerichtsreferent in Berlin
1916	Heirat mit der Dichterin Henriette Hardenberg (Margarete Rosenberg), Geburt des Sohnes Frank Thomas, Umzug nach München nach Konflikt mit dem Berliner Literatenkreis um Pfemfert und Kurt Hiller

1919 Mitglied im »Rat geistiger Arbeiter« während Münchener Räterepublik
1922 Umzug nach Berlin
1930 Scheidung von Hardenberg
1933 Emigration nach Prag
1938 Flucht nach Paris
1939 Verlust der deutschen Staatsangehörigkeit
1940 Dreimonatige Inhaftierung im Pariser Gefängnis »La Santé« durch die Geheime Staatspolizei, anschließend verstecktes Leben in Südfrankreich
1945 22. Januar, Selbstmord im Pariser Rothschild-Krankenhaus, Grab auf dem Cimetière Parisien de Pantin

Eigenständige Veröffentlichungen:

1914 Die gottlosen Jahre (Gedichte)
1917 Die Freundschaft (Gedichte)
Die Nackten (Drama)
1918 Der Lebendige (Novellen)
1919 Menschlicher Kämpfer (Gedichte)
Die Erhebung. Jahrbuch für neue Dichtung und Wertung (Herausgeber bis 1920)
1920 Der gute Kampf (Dichtung)
1922 Der Mann (Drama)
Jüdisches Wesen und neue Dichtung (Essay)
1923 Mörder und Träumer (Drama)
1924 Unter den Sternen (Novelle)
Der Flügelmann (Drama)
1925 Der Narr der Insel (Drama)
1926 Bäume in den Himmel (Drama)

1928 Bewegungen (Erzählungen)
1929 Die Nacht vor dem Beil (Drama)
Celestina (Drama)
1931 Hier schreibt Paris (Herausgeber)
1936 Gefährliche Engel (Erzählungen)
1938 Stimmen der Völker. Die schönsten Gedichte aller Zeiten und Länder (Herausgeber)

Übersetzungen:

1911 Fanny (von Ernest Feydeau)
1921 Erzählungen in drei Bänden (von Gérard de Nerval)
1922 Dichtungen (von Percy B. Shelley)
A. G. Pyms abenteuerliche Erlebnisse (von Edgar Allan Poe)
1924 Die Cenci (von Percy B. Shelley)
Denkwürdigkeiten der Scharfrichterfamilie Sanson (von Henry Sanson)
1925 Dreiundneunzig (von Victor Hugo)
Der letzte Tag eines Verurteilten (von Victor Hugo)
Alle Kinder Gottes haben Flügel (von Eugene O'Neill)
Gedichte (von Paul Verlaine)
1927 Der eingebildete Kranke (von Molière)
1929 Madame Bovary (von Gustave Flaubert)
1930 Leben, Werk, Briefe (von Arthur Rimbaud)
1941 Umwitterte Höhen (von Emily Brontë)

QUELLENVERMERK

I »Musik nicht will ich machen« – Frühe Gedichte, aus: Alfred Wolfenstein. Werke. Hg. und bearb. v. Hermann Haarmann und Günter Holtz. Erster Band: Gedichte. Hg. v. Günter Holtz. Mainz: v. Hase & Koehler, 1982. [Mainzer Reihe 53/I]

II »Einen ganzen Waldgeruch habe ich hier« – Erzählungen, aus: Alfred Wolfenstein. Werke. Hg. und bearb. v. Hermann Haarmann und Günter Holtz. Dritter Band: Erzählende Dichtungen. Hg. v. Günter Holtz. Mainz: v. Hase & Koehler, 1985. [Mainzer Reihe 53/III]

III »Mitten in dem dunklen Regen« – Späte Gedichte, aus: Alfred Wolfenstein. Werke. Hg. und bearb. v. Hermann Haarmann und Günter Holtz. Erster Band: Gedichte. Hg. v. Günter Holtz. Mainz: v. Hase & Koehler, 1982. [Mainzer Reihe 53/I]

IV »Die Freundschaft überlebt die Freunde« – Essays und Aufsätze, aus: Alfred Wolfenstein. Werke. Hg. und bearb. v. Hermann Haarmann und Günter Holtz. Fünfter Band: Vermischte Schriften: Ästhetik, Literatur, Politik. Hg. v. Hermann Haarmann und Karen Tieth unter Mitarb. v. Olaf Müller. Mainz: v. Hase & Koehler, 1993. [Mainzer Reihe 53/V]

Mix
Produktgruppe aus vorbildlich bewirtschafteten Wäldern und anderen kontrollierten Herkünften
FSC
www.fsc.org Zert.-Nr. SW-COC-002823
© 1996 Forest Stewardship Council

Bibliografische Information der Deutschen Nationalbibliothek
Die Deutsche Nationalbibliothek verzeichnet diese Publikation in der Deutschen Nationalbibliografie; detaillierte bibliografische Daten im Internet unter http://d-nb.de.

Umschlagabbildung: Alfred Wolfenstein, Kaltnadelradierung von Ludwig Meidner, 1919 (© Ludwig Meidner-Archiv, Jüdisches Museum der Stadt Frankfurt am Main)
Gesamtherstellung: Mitteldeutscher Verlag, Halle (Saale)

ISBN 978-3-89812-825-4

Printed in the EU